U0081433

Phantom on the Nile

林斯諺・著

目次

【推薦序】推理界的驚嘆號！林斯諺長篇處女作強勢回歸！

前東華大學推理研究社副社長 廖鴻寧（白羅）

《尼羅河魅影》的問世，可說是千呼萬喚始出來。我曾經是推理社團的幹部，舉辦過講座邀請林斯諺老師暢談創作的理念和方法。那場座談會讓社員們受益良多，後續也維持良好的互動。雖然東華推研社沒有持續很久，但這段經歷是少數獲得一致好評的活動。

回顧林斯諺的寫作歷程，初期以主角林若平為重心寫出許多長篇和短篇作品，依循的是系列作模式，如同柯南道爾的福爾摩斯系列和阿嘉莎克莉絲蒂的白羅系列。這種創作方式容易受到主角的魅力而左右作品評價，因此人物形象的塑造很重要。若主角不夠討喜，自然很難讓讀者對其作品買單。

或許是作者想嘗試新風格，或是系列作模式受到大量讀者的抨擊，林斯諺開始結合其專長的哲學領域，以哲學問題或是哲學假設來建構出不同風貌的推理小說，並將作品投稿至島田莊司推理徵文獎，試圖以涵蓋哲學思維的推理小說來實現二十一世紀新本格的範疇。雖然這幾部作品都沒得獎，但無形中開啟了本土推理小說創作的新方向。

現在回過頭看林斯諺的早期作品，雖然走的是系列作模式，但每部作品均加入不同的元素，嘗試不同的題材，避免其作品因公式化而顯得單調。本作《尼羅河魅影》以無謀殺、無血推理為主軸，附帶異國旅遊的旅情推理，將這兩種在推理小說中少見的題材組合在一起，形成他人難以仿傚的獨特作品。

事不宜遲，趕緊翻開故事的第一頁。接觸過哲學、科幻、獵奇與推理結合的「新」林斯諺作品之後，再嘗試復古風味的《尼羅河魅影》，將會產生不同於以往的感受。

本文作者簡介／雙子座O型，在不同的社群有不同的身分，在推理界扮演著忠實讀者的角色。對於收納在書架上堆積如山的推理小說有一種閱讀的使命感。除了閱讀之外，偶爾也寫寫心得以及與同好們討論各門各派的推理作品。

序曲

有一種動物，先是用四隻腳走路，後用兩隻腳，最後用三隻腳走路，究竟是什麼動物呢？

斯芬克斯抬起頭，望著窗外的明月。

今晚的氛圍相當僻靜，誘人遐思。

對空凝望了半晌，牠低下頭。

> 稱為人面獅身獸的生物出現在各種文明之中，特別是埃及、希臘及巴比倫。

這麼說來，牠的歷史相當久遠。

選擇化身為斯芬克斯——Sphinx，並沒有什麼特別的理由，甚至還相當適合自己；對於整個計畫而言，也相當合乎人面獅身獸在希臘神話中的性格。

> Sphinx這個字是拉丁語，此語來自古埃及文的「shesepankh」，意指「活的雕像」（living image），也就是今天我們所熟知的人面獅身像（斯芬克斯）。而在古埃及文獻中，sphinx通常被稱為Horemakhet（地平線的荷魯斯）。

牠快速翻閱著書本，眼神掃過許多圖片與文字資料。外頭靜謐無聲，連風也沒有。

專心細想。

Sphinx此字首先被希臘人用來指稱一種神話中的生物，這種生物由女人的頭顱、獅子的身體、鳥類的翅膀所組成。在埃及更是有各式各樣的斯芬克斯，通常頭部皆仿法老的面容而製作，象徵著人聰明的智慧與獅子的勇敢威武；古埃及人認為獅子是力量的化身，因此法老們把人面獅身像建築在他們的陵墓——也就是金字塔——外面作為守護神，永遠面向東方太陽昇起之處。

女人的頭顱、獅子的身體、鳥類的翅膀。

斯芬克斯笑了。

牠很滿意這個角色，神祕、有魅力，龐大而古老。

然後……

牠翻開另一本書。

吉薩（Giza）的人面獅身像是尼羅河河谷中發現最大的一座，據說代表太陽神荷魯斯。整座雕像長約七十三米、高約二十二米，關於建造年期和用途至今仍眾說紛紜，成為古文明建築中一個神祕的謎團。學者認為頭部可能據卡夫拉王（King Khafre）的面容建造而成，但也有人認為它是神的面孔。

……尼羅河，閃著魅影的美麗河流……

那麼地優雅，宛若謎一般，永遠摸不清……

絕佳的舞台。

決定了，就在尼羅河之上吧……

牠闔上書本，反芻腦中鉛黑色字體的影像。

在古希臘的傳說中，斯芬克斯為女面獅身，有雙翼，為提風（Typhon）和艾奇德娜（Echidna）的孩子，經常在底比斯（Thebes）出沒肆虐。常出她從謬思（Muse）習得的謎語給路過旅人，測驗其智慧。

「有一種動物，先是用四隻腳走路，後用兩隻腳，最後用三隻腳走路，究竟是什麼動物呢？」

這便是斯芬克斯的著名謎語。

窗外突然吹起一股冷風，牠沒有站起身去關窗，而是繼續讓思緒延續。

答不出來的話……

牠在深深的夜色中，嘴角緩慢地彎起了一抹微笑。

答不出問題的旅人，便當場被斯芬克斯吞噬殺害，失去其寶貴的生命。在伊底帕斯（Oedipus）出現之前，無一旅人倖免……

真正的序曲

收到信是一件相當稀鬆平常的事，但若寄信者是來自埃及的神獸，那必定會令人匪夷所思，甚至產生許多怪異的聯想。

時間要追溯到某個大雨滂沱的七月初，若平在西部老家的玄關穿鞋，正準備離開之時，他的妹妹——羽婕——叫住了他。

若平去年剛被台灣東部的天河大學聘任，教的是哲學，那是他除了推理小說之外的其中一項興趣，而他本身是個業餘的推理作家，喜歡寫寫小說自娛。

就讀天河大學、下學期要升大三的妹妹目前返家過著清閒的暑假。

「媽媽說這封信是幾天前寄來的，大概是你以前的同學吧？不知道你現在住處的地址，才會寄到老家來。」妹妹晃著右手中的信封說。

羽婕小他六歲，身高倒是多出他兩公分，綁著一頭俏麗的馬尾，臉蛋與身材均得天獨厚，即將從童稚破繭而出的成熟味在舉手投足間表露無遺。據他母親說，羽婕才一回家，家裡每天的電話便多了六七通，因為老是有一些不認栽的蒼蠅蚊子抱著等待與希望，燃燒著年少輕狂的執著，企圖為自己攻佔一座美麗的城池。

若平接過淡褐色的信封，皺著眉。信封正面橫寫著他家地址，但沒有任何寄信者的資訊；他翻看背面，一瞬間心頭抽動了一下。

信紙背面有著一隻黑色人面獅身像的浮水印，那隻怪獸伸展著寬大的翅膀，棲息在信紙黏封線之下。

「很漂亮的信，不知道是誰寄的？你要不要打開看看？」羽婕問。

「不必了，等一下上車再好好研究……時間晚了，我該走了，」若平邊說邊把信塞進長褲口袋裡。

爸媽這幾天不在，所以早早就請他吃飯送行過了。

「嗯，那開車小心喔，」羽婕站在玄關，手按在一旁的傘架，「要不要幫你撐傘？」

穿好鞋子的若平直起腰來，說：「不用麻煩啦，我自己撐就好。」

小時候妹妹的作風是對他潑冷水、反唇相譏，不過，隨著年紀漸長變得愈來愈體貼，以前互相挖苦的對談模式已不復再現。

「我說哥啊，」羽婕流露出一抹微笑，看起來意味深長，「你真的該找個女朋友了，連下雨都還要妹妹幫你準備雨傘……我不說的話你肯定會淋雨出去。」

「我倒希望來個有趣的案子……感情看緣分，不該強求。」若平拿起門邊的雨傘。

「唉唷，你永遠都是謎團擺第一耶。」

若平摸了摸羽婕的頭，微笑，「那些男生的電話少接些，不是真正喜歡的人就不要讓他有機可乘。」

「知道啦，路上小心。」

若平關上身後的門，才一踏出馬路，頭頂便好像被澆了一盆水似的，整個濕掉。雨下得不小。似乎是一連串的熱天後，突然來場大雷雨。真是莫名其妙的天氣。

他撐開傘，走向街角的轎車，快速開了車門進入，坐上駕駛座，收起傘。

雨水模糊了車窗，外頭景象一片朦朧；從車外走過的行人就像錄影帶出問題所呈現出的扭曲畫面般，來來回回地閃動。他有種錯覺，車外似乎是異次元世界，而他的身軀是唯一正常的形體。

往口袋裡探尋，若平抽出那封華麗的信，仔細再端詳了一番。

平信郵票，一個禮拜前的郵戳，台北郵局，沒有寄件地址，用黑色字跡橫寫的「林若平先生收」，字體端正得不可思議，一筆一劃都像是用尺描出來的。

他先打住過多的揣測，用手指折起邊緣的黏封紙角，小心翼翼地拆開。拆封過程中那隻人面獅身像的影像不斷干擾著他，黑色的怪物彷彿隨時要從紙上躍出，噴灑出神祕的迷霧。

好不容易打開封口，若平取出內容物。裡頭同樣是一張淡褐色的信紙，不同的是上頭的文字是用電腦打字，標楷體、黑色的文字。

林若平先生：

「有一種動物，先是用四隻腳走路，後用兩隻腳，最後用三隻腳走路，究竟是什麼動物呢？」

這是底比斯的斯芬克斯用來質問旅行者的謎語，後來被伊底帕斯破解。

我知道你是位名偵探，我一直觀察著你。你協助警方破獲了多起神祕的案件，令我對你的能力相當感興趣。對我來說，你似乎是一名擅解難題的人。

以謎語難人，正是我們斯芬克斯窮盡一生在做的事。對我而言，能用謎團擊倒愈強的解謎人，是一種難以言喻的樂趣、至高無上的成就！

現在，既然你是一名公認、擅解難題的偵探，我自然不能放過這個機會，能夠打敗所謂的名偵探，是多麼光采的功績！

我向你挑戰！這是看得起你，我不會用以往斯芬克斯所用的蠢問題來問你，而是嶄新、有重重陷阱的謎團！

斯芬克斯會吃掉解謎失敗的人，我也不例外，因此希望你全力以赴，不要看輕這次的賭注。

我將鬥智的地點設在埃及，你將參加二零零三年八月七號前往埃及的觀光旅行團，「埃及尼羅河加紅海十日遊」。錢我已幫你付清，你要做的只是將護照寄到「彩晶」旅行社即可。

準備動身吧，旅行者。我與謎團在埃及等待著。

斯芬克斯

在署名旁邊有一個用黑筆畫出的圖像，那是一隻構圖相當細膩的、展著巨大雙翼的斯芬克斯；縱然是張牙舞爪的姿態，臉部的表情卻相當沉著，沉著得令人發寒。

看完這封詭異至極的信，他不知道該用什麼心情去面對。

內容看似無稽之談，寫信者當然不可能是來自神話的斯芬克斯，一定是人類的作為，不過信中的語氣似乎不像玩笑。如果經過查證，這位斯芬克斯的確幫他付過旅費，那他大概就非去不可了。

「斯芬克斯會吃掉解謎失敗的人，我也不例外……」

若平陷入沉思，窗外扭曲的形影再度開始舞動。他彷彿可以看見從天而降的人面獅身獸，閃著寒光的眼眸直視著他，而身旁由層層謎團構築而出的暴雨狂風，正不斷地肆虐著。

1 空中的薰衣草

河水緩緩流著，他分辨不清自己究竟身處在何種時空之中。只記得，天幕是黑色的，萬物是靜謐的，一切都是神祕而有古風的。

他站在離河邊不遠處，望著這如夢似幻般的景象。遠方視線所及之處，聳立著一座漆黑的角錐狀建築物。

突然間，背後傳出腳步聲，有人踩上了草地。他本能地回頭，定睛一看，那是一名女子，身著長袍，面部之處覆蓋著一層薄面紗，隱約露出一對深邃的眼眸，目不轉睛地望著他。

他對她的身分毫無概念，但卻明白她是一名年輕貌美的女子。

女人邊凝視著他，邊緩慢向他靠近；他沒有挪動身子，因為已經麻痺、動彈不得。

以極為優雅的姿態，她開始貼近他的身軀，兩隻眼睛離他愈來愈近，接著女人右手緩緩掀起面紗——相當、相當緩慢地，露出朱紅色的雙唇，輕聲說了幾個字。

正當他開始去意識她的話語時，眼前的一切突然如一灘水般化掉了。朦朧的下一瞬間中，他掉進尼羅河裡，開始溺水，激烈掙扎，河水灌入他鼻孔內，他感覺到整個人的意識被沖刷掉，天旋地轉之中看見自己舞動的雙手，無助又痛苦。

"Excuse me, sir."（先生，不好意思。）

好像不屬於這個世界的語言似地，隱隱約約聽到有人說出這個句子。

"Excuse me, sir."

又重複了一遍。

突然他的手臂傳來一陣撞擊感，他倏地睜開雙眼。一陣光亮灌入視覺神經。

一開始有些模糊，捕捉不到什麼；但隨著意識的回神，影像逐漸清晰了起來，彷彿穿越任意門般，從尼羅河換了場景。穿制服的空姐站在走道邊，雙手扶在餐車上，眼睛看著他，對他點了點頭，職業化地問："Seafood or chicken?"（海鮮還是雞肉？）

"Seafood, please."（請給我海鮮。）

他覺得自己還在溺水，但同時也口乾舌燥。

放下面前的餐桌後，一盤整齊的佳餚降落至面前，像是對著飢腸轆轆的若平宣戰。

"Thank you."（謝謝。）

他又花了幾秒鐘回到現實。明白自己不在尼羅河底，也不在埃及後，才開始意識到自己的肚子已經唱了不久的空城計。

他立刻擎起刀叉，掀開盒蓋。一陣蒸氣撲面而至。

還有幾個小時才會到達開羅，這頓凌晨時分的餐點，等於是早餐；等會兒到達埃及後可是不再用餐了，因此現在即使愛睏，也顧不得睡眠，必須先飽餐一頓再說。

由於睡不好，全身感覺異常疲累，但食物還是要吃的。他一直覺得，坐長途的飛機——尤其是那種十二小時以上、會卡到睡眠時間的——給他一種感覺，好像乘客都是一群待宰的豬隻，坐上死亡列車，食物來了就吃，吃完食物就呼呼大睡，過著最原始的生活，絲毫不知道自己會被載送到哪裡。

當然還是有區別的，他知道自己要去埃及。

那封來自斯芬克斯的信似乎有幾分可信度，「彩晶」旅行社的確收到某神祕人物的匯款，替若平安排前往埃及的旅遊，但旅行社對於此人一概不知，雙方聯絡完全用電子郵件，因此他也問不出個所以然來。

斯芬克斯與謎團會以什麼樣的姿態來面對他？寫信者到底是誰？而且更重要的是，動機到底是什麼？只是單純想與他鬥智，那人就甘願花將近五萬塊的旅費送他到埃及去？對他而言，這種理由太過牽強。

目前沒有線索，再思考也是無益，只能被動地等待。他疲倦地吃著餐點。

「可惜啊，沒有在馬來西亞多玩一會兒，看來那國家也是旅遊的好去處，」一陣粗嘎的嗓音打斷了他的思緒。

「嗯，沒辦法，因為是轉機，所以只待半天，」若平心不在焉地回答。

「不過也沒關係，我儲備的體力就是要打算應付埃及的酷熱啊！哈哈！」

「……」

「你剛剛有睡覺吧？我可是興奮得睡不著；再說，經濟艙的個人空間小得不得了，睡得著才有鬼呢！」

「的確，其實我只是半睡半醒，」剛剛叫他起來的應該是眼前這個人。

「我則是利用這段時間來構思我的下一部小說……哈哈，踏破鐵鞋無覓處，得來全不費工夫，靈感突來驟至，又是一篇名山之作！」

「那完成後我真得好好拜讀拜讀了，」他啃了一口小麵包，飛機上的小麵包滿好吃的，他每次坐飛機都不會錯過。

眼前這位年約四十的中年男子，頭髮油亮光滑，一身體面打扮。他的目光感覺上異常銳利，裡頭似乎潛藏著一抹近似狡詐，卻又帶有機智的質素；那五官模糊的圓臉讓若平有種感觸，好像信任他是一種危險，不信任他又是一種損失似的。

「對了，我上一本小說你應該讀過吧？有什麼感想？」

「你是指哪一本？」若平將封起來的果汁拆封，倒進塑膠杯裡。

「《公共廁所馬桶蓋失竊事件》，評論家給的評價還不錯。」

他的書名還是一點進步也沒有。

「那本啊，還算不錯啦……」

當成喜劇片來看還算不錯。

「哈，我的書都是有品質保證的，不過我最得意的作品還是《藍褲老阿伯》……」

「我同意那是你最好的作品。」

雷毅，推理小說作家，自從上次在霧影莊結識後，這次在飛機上是第二次見面。他的推理小說品質良莠不齊，有時粗淺得叫人無法置信，有時卻又有絕妙布局。就算若平不甚喜歡他的作品，也不得不承認雷毅已經是超越類型的暢銷作家。

雷毅擅長寫詭異的搞笑推理，像他剛剛提到的《藍褲老阿伯》就稱得上是經典，內容主要描述民眾陸續在台灣各地的鬼屋目擊到一名赤裸上身、穿著藍褲子的老人，甚至有幾次藍褲老阿伯還同時出現在民雄鬼屋跟台南的杏林醫院，搞得人心惶惶，各種猜測紛紛出籠，成為「紅衣小女孩」之後最驚悚的都市傳說。故事結尾峰迴路轉，讓人在驚悚之中笑掉大牙，全書像是高明的鬧劇。據聞已經有電影公司買下此書的版權，準備搬上大銀幕。

值得一提的是，雷毅從來不在自己的書上放本人的照片，總是像柯南作者青山剛昌一樣放一些搞笑的漫畫照。

「不過，大偵探，我的書風格大概比較不合你胃口吧！」雷毅突然迸出這麼一句。

「只要是有巧妙情節的推理小說我都喜歡，我喜歡精心設計的事物，那種『魔鬼藏在細節裡』的細膩。」

「所以不論案件是不是謀殺案都無所謂囉？」

「對大部分讀者來說，有謀殺案比較能勾起閱讀慾望，而且謀殺案一發生，就象徵著謎團的產生，是一種很具吸引力的謎團呈現方式。范達因說得好：『缺乏兇殺的犯罪太單薄，份量太不足了，為一樁如此平凡的犯罪寫上三百頁也未免太小題大作了……一樁兇狠的謀殺案會激起他們的報復之念和恐懼心理……』」

雷毅露齒微笑：「當然，不過也並非絕對，像我的《公共廁所馬桶蓋失竊事件》以及《藍褲老阿伯》都沒死人還不是賣到四刷。」

「我雖然喜歡謀殺案，但卻不喜歡作者太賣弄血腥，以及用不必要的殺戮來填充故事情節。像漫畫金田一那種用過多的屍體來滿足『虎視眈眈』的讀者的作法，我個人就不是很贊同。不過，你別誤會，我是金田一迷……我喜歡他的風格勝過柯南。」

若平像想到什麼似地，在雷毅開口之前又繼續：「以謀殺案為主軸的推理小說中常會出現一種情況，很明顯就是用屍體來填補故事情節。通常是一件謀殺發生後，緊接著又有人被殺害，而被殺的原因是因為該名人物發現破案的關鍵或無意間發現兇手的身分，因而被害；通常在這種情況下提示兇手身分的重要線索也會隨著第二件命案出現。這樣的安排雖然很有戲劇性，但卻會讓我覺得那是一具不必要的屍體，是作者為了拉長故事而刻意營造出來的。」

「你這樣說也太嚴重了啦，如果要照你那種標準，那大部分的推理小說大概都要縮水一半了，也不會像原來那麼精采。」

「當然我也不是說反對這樣的寫法，只是我覺得能盡量避免無謂的屍體就盡量避免，不要只是為了寫殺人場面而寫推理小說。太過強調屍體的結果，也難怪會有許多人產生『推理小說等於謀殺』的錯覺。」

雷毅把餐盤往前推，說：「你這樣說我倒是覺得很好奇，短篇不談，少年推理也不談，有哪一本長篇推理是從頭到尾沒有屍體的嗎？當然啦，我的作品除外。」

若平想了半晌，才回答：「這是個很有趣的問題，應該屈指可數。」

「你這樣不是自打嘴巴？你認為『推理小說不等於謀殺』，但你又舉不出沒有謀殺的推理小說……」

「我認為『推理小說等於謎團』，不過謀殺案是故事題材的大宗……這種理論定義問題探討下去會沒完沒了，總之我的結論是，推理小說可以沒有屍體，甚至一滴血都沒有。」

「哈！」他們的對談就以雷毅這一聲冷笑，暫時告一段落。

馬航的空姐推車向前，開始收餐盤。

兩人的餐盤都被收走後，若平站起身，說：「上個廁所，失陪一下。」

幸好他的座位就在走道邊，只消轉個身就能不費吹灰之力地踏上走道；萬一座位是在中間，那不但進出困難，而且在移動時手還有可能會不自覺地拍打到前座乘客的頭。

若平漫步到前面的公共廁所，沒想到大排長龍，各國人士以各種站立姿態「散置」在廁所前；也有一些人不是來上廁所的，只是因為坐太久，起來走動舒展筋骨，但沒想到卻構成了空姐的路障。

正在盤算不知道要等多久時，他的視線無意間落至站在眼前的人──背對著他──留著一頭烏黑的俏麗短髮，散發出一陣清香，是薰衣草氣味的香水。

這名年輕女孩──雖然沒看到正面，但八成錯不了──身高應該不到一百六；朦朧的側影，搭配得宜的穿著襯托出曼妙的身材；左手圈著一環有著楓葉紋路的銀色手鍊，指甲纖細修長，剪裁整齊。

斜揹在左肩下的是一只棕色女用皮包，造型就像一粒雅致的小蒸餃，看得出來是名牌。但吸引若平目光的，並不是皮包本身，而是皮包旁的附屬物。

一隻淡綠色的可愛玩具小熊像鑰匙圈般依偎在皮包旁，頭上帶線的銅圈圈在揹帶上，相當討喜；它有兩顆圓圓的黑眼珠，白色的熊掌與肚皮，肚皮上縫著一個黑色圓盤，上頭浮現打叉的凸肚臍。

小熊睜著大大的眼眸無邪地望著他，兩隻毛茸茸的小手垂在身旁，像是等待著有人適時給他一個溫暖的擁抱。

前頭的人突然發出一聲驚呼，然後一本書像從衣櫥彈出的屍體般掉落至他腳邊。

他彎下身軀，望見那本書是加納朋子的《七歲小孩》。若平拾起書遞給對方。

「謝謝你，」輕柔的嗓音。她伸手接過書，微笑。

「不客氣，」若平回以微笑，「妳喜歡看推理小說？」

「哦？你也知道這本？我還以為很冷門呢。這是朋友推薦的，我以前並不特別迷推理，算是新讀者吧！而且這本書我才看到一半，不過滿好看的，很溫馨。」

「原來如此……」若平點點頭，「我猜那本書是妳那位朋友借妳的吧？他一定是位相當愛惜書本的人。」

「咦？你怎麼知道？」

「剛剛撿書時我注意到整本書都已經被翻過了。一般說來，把一本書闔起來時，翻過的痕跡都會集中在紙張的中段——看起來黑黑爛爛的，那本書一直到末頁都呈現這種跡象，顯然是已經被人看過了至少一遍，而既然妳還沒看完，那本書應該不是妳的，很有可能就是妳那位朋友借妳的……老舊的書套證明擁有者是位愛書人。」

「你還真是有趣，看似簡單的事情就能說出一堆道理來……那你倒是說說，你從我身上還看出了些什麼？」

若平摸摸下巴，「有一件事我只看妳背影就知道了，」他不疾不徐地說：「我猜妳一個人出國，沒有任何同伴隨行。」

這次女孩的臉色有了顯著的變化，吃驚的表情在她臉上漾開，但很快消失。「我的確是一個人出國，跟旅行團去觀光，但你究竟是怎麼知道的？你不會調查過我吧？」

「當然沒有，這只是我的一點小小觀察推理。我注意到妳揹著皮包來上廁所——裡面大概裝著護照吧——為什麼不將它交給旁邊的人保管再來呢？可能性一，會不會是妳一上飛機後就一直揹著皮包，上廁所時也下意識揹了出來？不太可能，正常情況，一般人坐長途飛機，上機後不可能會繼續將隨身背包繼續揹著，不是將其放進前方的座椅下、膝蓋上就是上方的行李架，如果是剛上飛機也許還有可能，但現在飛機已行駛超過七八個鐘頭了。那為什麼不把皮包交給身旁的人保管再來上廁所？最直接的結論是，妳身旁沒有熟人在。假設妳是參加旅行團觀光，通常結伴出遊者座位都會被排在一起，既然沒有熟人在，那一個人出國的可能性就很高了。」

女孩點點頭，「很合理，但你有沒有想過，也許是我身邊的人睡著了，所以我的東西沒人交付，只好揹著來上廁所了？」

「現在才剛吃過飯，空姐才剛把餐盤收走，有人會這麼快入睡嗎？」

「嗯，這套推理的確是有十之八九的準確性，說穿了就沒什麼了，」她感興趣地看著他，「看來你是很狂熱的推理小說迷吧？還親身實踐呢！」

「狂熱是不敢說，不過喜歡看倒是真的。」

這時有人從廁所出來，輪到女孩進去了。

「對不起，先失陪囉。」她拋下微笑後便消失在門後。

這時另一間廁所的門也開了，一名眉宇間帶有紅點的印度婦女步出，若平走了進去。

紓解後，他關上門，外頭不見女孩蹤影。他回到座位。

「被我逮到了，小子！搭訕年輕女孩！」鄰座的雷毅一臉詭異的神色，低聲道：「有說有笑的……啊，對了，上次在霧影莊[1]不是也有一位……」

「那沒什麼吧。」

「啊哈哈……」

沒有理會雷毅的喃喃自語，他還自閉起了雙眼，沉思了起來。

女孩剛剛提到也是參加旅行團來觀光……那也許行程會有重疊之處，這麼說，還是有再見面的可能。

若平有睏意卻無法入眠。輾轉兩三回，一旁的雷毅已經鼾聲大作，更是讓他睡不著。

他站起身來，踏上走道，打開上方收放行李的空間，取下他的隨身背包。

若平取出一本小說，再把背包放回、關好行李門，然後往椅背一靠。

像這種時候，來本推理小說是最好的。他帶了西澤保彥的《啤酒之家的冒險》。

若平開始翻找書籤所在處，正當他打開小說時，書本很自然地開啟至某一頁，但裡頭夾的卻不是他的書籤。

一瞬間，他的心頭一震，身子陡地坐直。

藏身在書頁中凝視著他的是，一張長方形的卡片。上頭畫著展著雙翼的斯芬克斯圖像。

1 詳見《霧影莊殺人事件》一書。

2 魔獸之爪

若平的第一個反應是闔上書本，往四周看了看。

左手邊的雷毅正熟睡著，再過去是同團的一對約六十歲的夫婦，也同樣沉浸在夢鄉；他的右手邊、隔著走道坐的是兩名外國人，四周也都是不認識的遊客。大部分的人不是在睡覺，就是在發呆。

收回視線，他再度打開書本。黑色卡片再度映入眼簾。

那是一張寬約七公分，長約十一公分的紙卡；正面底色是黑色，白色方形框內畫著同樣是白色輪廓的斯芬克斯，姿態與之前畫在斯芬克斯署名旁的圖案相同。斯芬克斯側身站著，但臉部正對著他。

他翻過紙卡。背面是白色的底，上頭用黑色筆寫有一些文字。看得出寫信者刻意掩飾筆跡：

名偵探，歡迎來到埃及。你收到這張卡片的同時，我們的遊戲已經展開，第一名被害者已經出現……而且不會只有一個。提高警覺吧，你如果能揪出我這名「兇手」，勝利就是屬於你的。

斯芬克斯

若平壓抑不住內心的疑惑，拿起卡片又端詳了一番，但沒再發現什麼可疑之處。

這張卡片是什麼時候、用什麼方法進入他的書中的？

看來斯芬克斯所說的話真的不是開玩笑。這麼做背後到底有什麼目的？如他之前思考過的，若僅僅是為了鬥智將他找來埃及，那這個人腦袋一定有問題。

是不是有更深的理由？

動機。他直覺這整件事背後的關鍵在於動機。但他的直覺也有可能不準。

或許得等到事情有更多的發展才能有更詳盡的推論。目前僅有的線索是他之前收到的那封郵寄信，還有現在這張卡片。

他記得最後一次翻閱那本書時是從馬來西亞搭上這班飛機後，睡覺前他閱讀過，相當確定當時卡片不在裡頭。之後昏睡一直到被空姐叫醒，這段時間若有人站到走道取下他的行李，把卡片放入，那的確有可能在不吵醒他的狀態下完成。

飛機上會配合睡眠時間關燈，他們搭上飛機不久後，機上的主燈光就熄滅，提示旅客應該休息，只有零星的閱讀燈亮起；這時若有人走到他身邊做放卡片的動作，恐怕也不會令人起疑。

上飛機後他也上了幾次廁所，這些空檔時間都是斯芬克斯能用來放置卡片的時間。真是太狡猾了，竟然抓準機上睡眠時間的昏暗光線光明正大地擅動他的背包。

若平又反覆看了一遍卡片上的留言。發現幾個不解之處。

首先，卡片上說「歡迎來到埃及」，但現在飛機還在飛行，連開羅機場都還沒到，這樣的用詞不是相當怪異？他覺得整句話很突兀，原句的口氣像是對到了目的地的人說的。

其次，「第一名被害者已經出現……而且不會只有一個」。這是什麼意思？他並沒有預期這次的鬥智會扯上謀殺案，因為那封信給他的感覺並不像。難道只是某種比喻？

第三個奇怪的地方是，為什麼卡片上兇手兩個字要用引號括起來？通常某些詞用引號括起來會有雙關意義，也就是說，該詞在該場合要表達的不是它原本的詞意，而是相似的意義。那在此處兇手兩字可以有什麼其他指涉？

他突然發現也許與第二點有關，如果被害者不是指真的有人被殺的話，那自然也沒有兇手了。若平翻了翻那本小說，原本的書籤還夾在原來那頁。看來斯芬克斯應該是將紙卡隨便塞進書的中段，便於被發現。

他闔上書，往椅背一靠，閉上雙眼。一開始還試著想思考些什麼，但最後的結果跟坐在床上看書一樣，敵不過瞌睡蟲的攻勢而淪陷了。

※※※

一陣巨大的轟隆聲將若平震醒，他睜開雙眼，才發覺自己再度睡著了，滑行的聲響告訴他，飛機已經著陸了。

機艙人員先用馬來語廣播說機身未停妥前請勿將安全帶解開，然後又用英語覆述了一遍。開羅時間是早上五點多左右，與臺灣時差約六個鐘頭。

飛機停妥後，旅客紛紛站起身，開始取下架上的行李。

「我等不及要下飛機了，」雷穀露出黃牙對若平微笑，「體驗刺激的沙漠之旅。」

行程中有安排到沙漠遊覽，也有騎駱駝的活動。不過刺不刺激他就不知道了。

走道的旅客緩緩向前移動，在飛機內形成長長的兩線縱隊。若平抓住一個空檔向前一踏，插進隊伍的空隙。可憐雷毅正想如法泡製時，若平身後的外國人往前一步，瞬間粉碎了雷毅的美夢。

通常這種情況必須特別小心，萬一沒有及時插隊，那就得等到所有人下飛機後才得以脫出。坐公車的情況也是一樣。除非「逞兇」，否則推理作家是凶多吉少了。

出了飛機，若平往前走，發覺自己置身於開羅機場內部；廊道的盡頭，同團的夥伴聚集在那裡等候。瘦高的領隊望見若平出來，立刻向前問道：「還有一位雷先生是吧？」

「他還被困在人群中，可能還要再一會兒。」

領隊姓謝，名為瀛志，是一名年約三十出頭、身高鐵定有一百八、皮膚黝黑的青年，待人有禮，感覺上是十分盡忠職守的人；Nike帽子底下竄出墨黑頭髮，身上斜揹著一個長方形的箱子，領隊的架式十足。

出國旅遊那麼多次，他也看過不少領隊，都滿年輕的，服務態度都還不錯。

「還有一位先生……那我們再等一下了，」謝領隊對團員們說。

等待的時間若平掃視了一下團員，加上領隊一共十六人，人數不多，與以往他所參加過的旅行團比較起來，算是最少的一次。照理說，到時候應該還會有一位當地導遊加入他們的行程。除了他與雷毅、領隊外，其他的團員他都還未曾談過話。在機場發行李牌時領隊雖然點過名字，但當時心不在焉，也沒將名字記下來。

粗略打量了一下其餘十三名同伴，他首先注意到的是一名神情抑鬱的男子，一副心事重重的樣子。身材瘦削，面容清瘦，面頰上壓著一副厚重的眼鏡，舉手投足都相當優雅，書卷氣息不弱。

另外還有一名身材標緻、纖瘦的女子，年約三十歲，臉上化有淡妝，帶著一股冷艷的氣質，她似乎不屑直視別人，有一種冷漠式的趾高氣昂。

「奇怪，我的太陽眼鏡不見了。」

正當若平在觀察團員時，身後突然傳來這麼一句話語。是男人的聲音。

他轉過身去，發現一對年輕男女就站在他背後，距離之近讓他的鼻頭差點就碰到那男人的臉頰。

「啊，你好，沒什麼事，只是我特地在眼鏡店買的太陽眼鏡突然不見了，我明明放在這裡面的。」他指著手上的隨身行李。

這名男人皮膚黝黑，留著一頭短髮，面容粗獷，體格相當好，感覺上像是以健身房為家的人。

「老公，我這邊也沒有啊，怎麼可能會掉呢？」顯然是妻子的女性翻找著手上的提包，搖搖頭。她是一名瘦高、長髮的可人女子，從兩隻耳朵垂下的是銀白色的星星形耳環。

「會不會是放在大行李箱裡？」若平提示。

「不可能，上飛機後我打開過背包，那時明明還在的，」男人回答，露出不解的神情。

「背包是放在上頭的置物空間中嗎？」。

「對。」

禮貌性地結束話題，若平轉過身，感到思緒又凝重起來。

他望了望其他團員。

一對夫婦帶著兩個孩子出來旅行，很尋常、和樂的家庭；三名看起來是大學生的年輕女孩結伴出遊；一對六十多歲的老夫老妻，就是剛才在飛機上坐在雷毅旁邊那對。全部人就這些了。

有時候觀察別人，會下意識地只看到別人擁有、自己卻沒有的「優點」；當然，在別人身上都會稱優點，而自己沒有的話，就變缺點了。若平概略瀏覽團員，發現大部分人身高都比他高，要不然就是跟他一樣高──一百七，只除了三名女大學生的其中兩名、小家庭的兩個孩子外。

雷毅三步併作兩步地跑過來，上氣不接下氣，有一句沒一句地說：「抱歉抱歉，沒人肯讓路，一直到後機艙的人都走光了，我才得以脫身……」

謝領隊微笑說：「沒關係的，不要走失就好，我不可能把團員丟下不管的，所以一定會等到所有人到齊後才行動。在此順便一提，往後的行程各位如果有跟丟了的情況，請不要慌張，每次集合時間我一定都會算人數，確定各位都到齊，如果有缺人我一定會找到人出現為止……那麼現在請跟我來，我們要辦理入境手續。」

機場內推著行李推車的遊客橫衝直撞，略顯混亂。

「請各位跟緊我，這裡比較亂一點……」拖著紅色行李箱的謝領隊邊前行、邊回過頭來確認狀況。

大約一個多小時後通關成功，一群人浩浩蕩蕩地出了機場，領隊帶領眾人走向一輛遊覽車，示意大家上車。

眾人都就坐後，領隊站在前頭面向大家，開始用麥克風自我介紹，提到他在旅遊業也待了有近十年了，並簡單解說有關旅行的相關事宜。接著當地旅遊公司的老闆也上車歡迎他們。

根據領隊的說法，他們現在會先到旅館休息一小時，讓大家盥洗一番後再前往埃及博物館（Egyptian Museum）進行早上的參觀行程。

車子開始進發。

若平的心情始終很難從不安狀態中脫離，從飛機快降落時他就一直在注意身邊有沒有所謂的第一名被害者。但截至目前為止還沒有清楚的線索。

難道斯芬克斯到頭來還是在耍他？

「雅晴，妳有沒有看見我的筆？」

女人的聲音從正右方傳來。

若平微微側頭，隔著走道坐在他正右方的是那三名女大學生的其中兩位。

坐在靠窗邊高個子的女孩給他的第一印象，似乎是漫畫中的陽光活力型女孩，留著一頭短髮，臉上幾顆青春痘點綴面頰，全身充滿了校園氣息。

另一名坐在靠走道座位的女孩留著及肩的長髮，典型的鵝蛋臉，靜默沉著，說話輕聲細語，舉止流露出一股高貴清新的氣質。

「嗯，喬音妳說什麼？」高個子女孩從窗邊回神，問道。

「我說我的藍筆不見了，本來在筆袋裡的，」一名喚喬音的女孩右手在大腿上的筆袋內搜尋，皺著眉。

「妳會不會沒帶啊？」雅晴打了個大呵欠，隨即意識到若平的目光朝著她那邊望去，立刻伸出右手遮住張得老大的嘴巴。

若平若無其事地直視前方，決定還是用聽的就好。

「在飛機上我還曾用過那隻筆，怎麼可能會不見呢？」

「大概是掉在哪裡了吧，這樣子也很難找喔。」

「等一下會到博物館吧，導遊一定會解說，我本來要做筆記的，但我只帶一枝筆……」

「搞不懂妳為何這麼用功呢？我的筆借你好了。」

「謝謝。」

若平望向窗外。他認為目前還不是適當的時機來分析這瑣事的意義，也許那根本無任何意義。

他開始透過車窗觀察埃及的一景一物。有一件事倒是吸引他的目光，放眼望去超過一半的房子都是磚塊外露、未上水泥、鋼筋外伸的模樣，但從窗戶外有曬衣架的跡象看來，明顯有人居住。照領隊的說法，這似乎是為了要避繳房屋稅的做法。

開羅是埃及的首都，可以看到高樓大廈，有錢人都住這裡，從市區往外望去，還可以看見沙漠中聳立的金字塔。

斯芬克斯的影像湧現腦海。

遊覽車很快到達旅館，謝領隊幫大夥辦完入住手續後，若平依卡片鑰匙的號碼出發尋找自己的房間。這時外頭的埃及人運行李過來，他在推車上找到自己的旅行箱，然後給了埃及人小費後便進入屋內，拿了乾淨衣服、洗了個舒服的澡。昨晚因坐飛機一天沒洗澡，相當難受。

八點時若平走進旅館大廳，有一些人已坐在沙發上等候；他步向其中一座沙發時，正好與那名面貌冷艷的女郎打個照面。

對方冷淡地點個頭，便與他擦身而過，一陣濃重的香水味撲鼻而至。

他坐下陷進沙發，望著女郎離去的背影。

氣味不錯，應該是GUCCI的梔子花女性淡香水。

突然，有種似曾相識的感覺掠過他心頭，他好像在哪裡見過這名女人。是面對面見過嗎？不是。在哪裡見過？對了，好像是網路新聞……

什麼新聞……？

沉思中，若平目光無意識地移至對面的沙發。

面色沉鬱的年輕男子坐在那兒，他的雙眼緊緊地鎖住從他面前走過的女人，但女郎似乎未曾察覺，帶著一身香氣步入大廳的角落。

男人的表情似乎更落寞了，他垂下頭，靜默了一會兒，然後從胸前口袋掏出一張長方形紙片，凝神細看起來。

若平調整一下坐姿，轉換視線角度。

那應該是一張照片。

他用眼角餘光瞄見男人收起照片，站起身。

原來領隊已經到了，後頭還跟著氣喘吁吁的雷毅。看來他及時趕上。

眾人都站起身，隨著領隊的招呼步向外頭。遊覽車已經在待命。

經過一段車程後，他們來到了有名的埃及博物館。下車後大夥兒經過搜身檢查便來到入口前的大廣場。由於使用照相機要另外付費，謝領隊正替大家辦理必要手續。

天氣十分酷熱，外國人到處流竄，清一色清涼穿著。館前有寬敞的草坪，不少人坐在圍繞草坪的水泥矮牆上休息，四周還有一些埃及石像冷眼旁觀眾遊人。

「我的手帕呢？」

若平的身邊有女人的聲音這麼說道。

他轉身一看，早上遺失太陽眼鏡的那對夫婦站在一旁。後來得知他們是出來渡蜜月旅行的。

「你不是都放在妳的包包裡？」黝黑男子有點疲憊地問。

「是沒錯啊，可是現在卻不見了，我剛才明明還拿出用過的……」女人皺著眉頭不斷地翻找皮包，但好像徒勞無功。

又有東西不見了？

等等，難道那張卡片上的話意是指……

不，現在還不能確定。但等到能確定時，會不會已經太遲了？

這時領隊突然帶著一名矮小發福的埃及人走過來，說道：「各位，我來替你們介紹，這位是我們的英語導遊，名叫穆罕默德，開羅大學畢業的，我們接下來的行程解說都是由他一手包辦。等會兒進去博物館後他會為我們詳細解說，我會當場翻譯……相信在場有很多英文高手，大家可以互相切磋，給予指教。」

穆罕默德是名身材矮小、肥胖、學者氣息的書生型人物，身高雖然只有大概一百五十多公分，但若平感覺得出他的知識水平可是一點都不低。他戴著一副金邊眼鏡，滿臉笑容，十分平易近人，用帶有阿拉伯口音的英語向大家寒暄致意。

要進入博物館前，若平無意間掃視到剛通過搜身檢查、進入草坪廣場的一群人，總數應該有二、三十人，看起來很像是台灣的旅行團。

「那是『佳富』旅遊，」雷毅說道：「我參加過他們到日本的旅行團。」

「原來如此，」若平虛應一句後，眼光輕輕掠過那群人。

接下來，眾人魚貫進入這間規模宏大的博物館。館內收集許多埃及古物及手工藝品。有人面獅身像、棺柩、雕像等，更有從圖坦卡門陵墓挖掘出的寶物、黃金面具雕像等，都價值匪淺。導遊穆罕默德一項一項為他們解說，神情激動、唱作俱佳，斗大的汗珠從他額頭上滲出。若平看得出他對他的工作懷有高度熱情，是真正將心神放進工作的人。

穆罕默德每說完一小段，謝領隊便及時口譯。從他翻譯的內容若平能推斷，謝領隊的聽力恐怕也不是頂好，他並沒有完全照翻，反而是照著自己所知酌量刪減補述。顯然，要不是他有先在家裡做過功課，就是多次的領隊經驗已經讓他對埃及文物歷史倒背如流。

部分團員的名字若平已經知道了。那三名女大學生分別是張喬音、嚴雅晴、韓琇琪。

「喬音，妳聽得懂嗎？」那三名女大學生中個子最高的一位——嚴雅晴——對身邊留著及肩長髮、面目清秀的張喬音問道。

「意思大概都知道，不過他口音滿重的，」張喬音小聲地回答。她的右手握著筆，左手拿著一本小筆記本。導遊講解時她都在做筆記。

「哎唷，雅晴，妳問這什麼爛問題嘛，人家喬音可是外文系的高材生呢！」另一名身材中等、臉頰豐滿、綁著馬尾的女孩以略大的聲音說道，「我看妳的英文都忘光了吧？也難怪，妳是日文系嘛，不過，上次到日本妳還不是一句話也說不出來？」

韓琇琪有大而化之的個性與樸實感。

「喂，琇琪，那妳韓文系的又有什麼用啊？一天到晚只知哈韓劇……」嚴雅晴也不甘示弱。

「好了啦，別在這邊吵嘛，」張喬音趕忙用兩隻手分開兩位同伴。看得出來她們只是好朋友間開開玩笑的鬥嘴，並不是真的有敵意，因為看似火氣上升的兩人在嘴角都還帶有一絲惡意的微笑。

若平帶著興味打量這三人，心想國內有哪間大學同時有英、日、韓文系。一所大學的名稱浮現心頭……

現在輪到謝領隊做中譯了。若平把視線移回他身上，剛剛因注意力分散而錯過了穆罕默德的解說。

他現在才注意到，謝領隊在眾人面前講話時十分帶有個人魅力，臺風穩健，也許這就是一種舞台魅力吧，有些人就是天生的演說家，謝領隊就是這種人。

速度適中，音量控制得宜，自然的手勢，聽眾都會不自覺被吸引。

每個人都是聚精會神、全神貫注地傾聽。方才穆罕默德解說時有些人看起來心不在焉，甚至有些可能聽不懂英文的人都不知晃到哪裡去了。但現在不同了。

他注意到一件有趣的事。

那名冷漠的女郎專注程度超乎尋常，她就像在審視一件藝術品般地，冰冷的面容難得浮現一絲熱情；但，那絲熱情仍在一定的自制範圍內。她的嘴角間或揚起一絲笑，介於微笑與冷笑之間。

若平將視線移回領隊身上。

謝領隊雖然浸沉在他的演說中，目光並無定焦，但他的視線在幾番游移後似乎總會回到同一個方向，速度之快令人察覺不到。要不是若平心中早有定見，可能也不會發現。

若平不自覺地挪動了僵硬的頸子，視線不經意地落在離他不遠處的沉鬱男子的身上。那名男子雖然看似專注於領隊的講述，但實際上他的目光也是分歧的，三分之二以上的眼神聚焦於斜前方的人，那名帶有香氣的冷艷女郎。

若平暫時將視線收回心裡，在那一刻，他敏銳的觸感偵測到第四對，不，甚至第五對眼神……

"This way. Follow me, please."（請往這邊走。）

穆罕默德熱情有禮的聲音打破了他的沉思。謝領隊已講完，穆罕默德帶領團員朝下一樣古物走去。

大部分的團員們都聚集過去了，不過他聽不太下去，便站在一旁角落。

「啊！」

伴隨著一聲驚叫，某樣物體滾落若平腳邊，他下意識地挪動左腳。

那是一本藍色封皮的聖經。

「對不起對不起，」韓琇琪急急忙忙地彎下腰撿拾，「我在整理背包裡的東西，不小心讓書掉出來了。」

「妳是基督徒？」

「嗯，對啊，」她拍掉書本上的灰塵，翻了翻書頁，似乎是想確定內頁沒有弄髒。「我可是很虔誠的基督徒呢！」她對若平笑笑。

下一瞬間，她翻動書頁的手停止，臉色一變。

書本打開在其中一頁，那一頁被很殘暴地撕掉了，撕口殘缺不整，隔鄰兩頁雖沒被撕下，卻被某種銳利之物割得亂七八糟。

看上去像是被鋒利的野獸之爪襲擊過。

3

零時魅影

若平把韓琇琪拉至一旁角落，姿態盡量自然。其他團員們仍四散圍在導遊、領隊旁，四周也有許多遊客走動。處在角落的他們兩人應該不會顯得不自然。

「我問妳幾個問題，先不要緊張，」他音量放低，「妳最後一次確定書本完好無缺是什麼時候？」

「我……這……」女孩的眼神不安地在他與撕爛的聖經間擺盪，「我是說，你為什麼要……」

「抱歉，我是一個推理小說迷，對各種奇怪的事情特別感興趣。也許妳把相關線索告訴我，我可以找出毀壞妳寶貴聖經的人。」

韓琇琪反芻了半晌，才比較安心地開口：「老實說，我最後一次翻這本書已經是三四天前的事了，所以什麼時候書被搞成這樣也不清楚……而且為什麼有人要這麼做……」

「我們先不管動機。這本書妳一直收在妳現在揹的這個包包裡？」

「是的。」

「我們從台灣出發一直到現在，妳曾把它拿出來過嗎？」

「呃，因為要拿包包裡的東西，曾把它拿出來一下下，但馬上又放回去了，大概只有幾秒時間……」

「上飛機後有人有機會能在不被妳察知的情況下破壞那本書嗎？」

「嗯……」她歪著頭想了一下，「應該還是有吧，趁我睡覺還是上廁所之時……」

不過要把書撕掉割壞，很難想像能在飛機上做這種事而不被發現，怎麼想都不對，書被破壞應該不是上飛機之後的事，也許在馬來西亞……

「在馬來西亞時包包有離手過嗎？」若平繼續問。

「應該是沒有吧……有嗎……我不記得了！」女孩甩甩頭。

「最後一個問題，就妳所知誰有動機做這種事？」

她幾乎連想都沒想就說：「沒有。」

若平讓她回到團員群中。

事情愈來愈不可理喻了。物品連續失竊又遭破壞，先是太陽眼鏡，再來是筆、手帕，現在是聖經……

他開始了解卡片上文字的意義了，所謂被害者不止一個，指的確不是被殺害的被害者，而是遭竊的被害者。

斯芬克斯能在不被察覺的情況下連續犯案，實在是有點不可思議，失竊的物品都是放在被害者隨身的行李中，就算行李有離身，成功偷竊一次也就算了，竟然四次都沒被發現，未免幸運得離奇。

從旅程出發到現在，有沒有哪一次是大家都必須把隨身行李集中在一處，然後離開一陣子的？似乎沒有。

團員們又開始移動了，行進路線往出口方向去，看來這段參觀快接近尾聲。

像螞蟻般尾隨團員回到遊覽車，若平在座位上坐下。

結束早上的行程，接下來要驅車前往餐廳。

「現在要帶各位去用午餐，」謝領隊用麥克風宣布道：「找遍全開羅只找到一間中式餐館，因為怕各位吃不慣埃及的食物，因此只要就地利之便我們都會回到這間餐館用餐……當然也會安排讓各位享受當地的風味餐，不過……我想大家都有帶泡麵吧？我帶過的團都一致認為這裡的食物只要吃一次就夠了……」

「對啦，領隊先生，剛剛在博物館那團也是台灣團吧，他們的行程跟我們有什麼不一樣？」前座的雷毅問道。

「大致上都相同，不過到阿布辛貝神殿的行程，他們是包在團費內，坐車去，我們是自費，坐飛機去，到時我會再調查要去的人數。」

「這樣啊……」雷毅咕噥。

若平向後靠躺。剛才進博物館後，他便沒有再注意「佳富」旅遊的人群。照謝領隊的說法，這幾天他們都會跟「佳富」旅遊打照面了。

他突然想到飛機上讀推理小說的女孩。她會不會是「佳富」旅行團的人？

答案很快就會揭曉了。

※※※

晚上十一點，外頭空氣相當悶熱，若平待在自己的房間內，陷在沙發中思索。房內因為有冷氣的關係，溫度與室外形成極端。

下午參觀了三座金字塔，是謂吉薩金字塔區，也就是從市區就能望見的那幾座金字塔。

那裡真的是沙漠區了，三座金字塔並排在一起，到處都有戴黑帽、著白衣的持槍警衛守護；各國遊客雲集，販賣紀念品的商旅混雜其中，也有埃及人騎著駱駝在沙漠上行走。

著名的人面獅身像就在附近，英文正是sphinx，守護著古老的金字塔。守護像的臉部已模糊，身體也只剩輪廓而沒有細部的紋路；他的鼻子傳說是被拿破崙用大砲打掉的。整體因時間的侵蝕而老舊不堪。聽領隊說人面獅身像已經有整修過。

Sphinx即斯芬克斯，也是這次幕後的神祕人物。事後回顧這整件事，會發現斯芬克斯這個名字實際上已經給了犯人犯下難以理解的案件之暗示，只是當時他尚未察覺。

金字塔內相當悶熱。尤其是進入金字塔的地下室是一段傾斜往下的坡道，一不注意頭就會撞到上面的石壁，必須十分小心，而遊客又多得嚇人，地下室擠得水洩不通，進入後每個人都是揮汗如雨。不過生平第一次進到金字塔內，真的是十分新鮮及興奮，在他身後的雷毅發出滿足的驚嘆之聲，結果腳步沒踩好差點就要撞翻前面的若平。

帶領大家進金字塔的是導遊穆罕默德，團員們跟隨他進到地下室，傾聽了幾段解說，再跟著他爬上去。進進出出的旅客從未間斷。

經過一天疲累的旅行，他理應是睏了。但現在雖然感到疲倦，卻睡不著，因為仍有事壓在心頭上吧。

他把整件事做個統整。

七月三號收到斯芬克斯的信件，上頭載明已幫他付清到埃及的旅費，並指定「彩晶」旅行團，以鬥智為由要他進行這次的旅行。一直到在馬來西亞搭上飛機前，沒有什麼異狀發生，但上了那班飛機後，便開始有值得注意的疑點。

首先是他的書中出現不知何時被放入的預告卡片，斯芬克斯告訴他遊戲已展開，但是什麼遊戲卻不得而知。

接下來發生團員物品的連續失竊。首先是一名叫程杰晉的年輕男子遺失了他的太陽眼鏡，接下來是女孩張喬音的筆無故失蹤，再下來是程杰晉的妻子江筱妮的手帕不翼而飛。

這三項物品都收放在被害者的隨身背包，而且能確定在飛機上時尚未失竊，但一下飛機就宣告失蹤。犯人能下手的時機只有被害者在飛機上睡覺或上廁所的空檔。他們下飛機後背包都沒有離身，入境埃及後可以說根本沒有機會偷竊。

仔細想想，在飛機上翻別人行李就算被被發現而不被起疑也是有可能的，因為自己的行李常會跟別人的行李放在一起，因此當有人去翻動上頭的行李收納空間時，我們會理所當然認為那人是在拿取他自己的物品。

至此又引出一個問題，被竊物品有何關聯性嗎？或者說，這是沒有特定對象的「連續殺人」？

若平聽過一個多重謀殺的理論，甲有殺害乙的動機，若乙被殺甲一定會被懷疑，因此甲犯下一連串謀殺案，讓乙成為其中一個受害者，並設法讓警方相信這一連串的案件是同一兇手犯下。甲沒有殺害其他被害者的動機，因此他就不可能被懷疑。這可以說是將動機「藏葉於林」的做法。

竊案是否也有這種情況出現？斯芬克斯為了要掩飾其中一項物品被盜的事實，因此犯下其他竊案。就目前情況看來，他實在想不出每個物品被盜都有它個別的理由。

最後一個事件是女孩韓琇琪的聖經被撕毀。這件事也相當突兀，竊盜事件演變成破壞事件。書本被撕去一頁，隔鄰兩頁都有被銳利刀器劃過的痕跡……當然不可能真的是獅爪造成的，這只是某人為了戲劇性而刻意設計的。這件事的涵義也令他百思不解。

現在假定這一連串事件都是跟斯芬克斯有關的事件，也就是排除其中一件或一件以上是獨立事件的可能性來看，他歸納出以下疑點：

一、斯芬克斯策劃他來埃及的動機為何？純粹鬥智的解釋雖不是不可能，但過於薄弱。

二、他在飛機上收到的預告卡說「歡迎來到埃及」，有提早出現的感覺，是否意味著什麼？又，這張卡片是在何時被放入？

三、連續竊案的目的是什麼？被盜物品有何關聯性在？

四、斯芬克斯犯罪的時間點是在何時？他如何能順利完成一連串的犯罪行為（包括最後的破壞行為）？

五、聖經被破壞的行為有何意涵（一頁被撕去，兩頁被割壞）？

六、斯芬克斯究竟是誰？

關於最後一點，他又花了點心思琢磨。

要完成目前已知的犯罪事實，這名犯人要不是藏身在旅行團中，不然就是能夠在他們四周出沒而不被起疑。另一個可能是，犯案的人是共犯，而主謀者躲在埃及的某個角落聽取事件進展報告。

可能性實在太多了，怎麼想都想不完，不過他認為犯人藏身在旅行團內的機率相當大。今後要多加注意每個人的行動。

若平伸了個懶腰，暫時擱下筆記本，閉上眼睛。

腦中泛起今天中午的情景。

中午在中式餐館用餐，開始對團員有粗淺的認識。那間餐館位在一棟建築物的二樓，一樓有附設遊樂場，不過空無一人。門口兩位穿著白襯衫、衣著光鮮整齊的埃及侍應生有禮貌地用中文問候「你好」，令若平印象很深刻。

謝領隊、導遊、餐館的老闆坐到旁邊一桌，團員則分坐兩桌。

若平進到餐館時，裡頭已人聲鼎沸，四桌滿滿都坐著東方人。

「這一定是臺灣人啦，」他聽見身旁的老太太說，「最大聲的一定是臺灣人，到哪一國都一樣。」

老太太說得沒錯，因為當若平走近其中一桌時，他注意到某張椅子邊緣依偎著一隻淡綠色小熊。

這果然是雷毅所提到的另一臺灣旅行團。

女孩顯然沒注意到他，正專心地與一旁一位染紅短髮、戴棒球帽的女孩交談。

若平入座，其他人也隨意地就座。他這桌有八個人，另外七人是那三名女大學生、冷艷女郎、雷毅、那對老夫妻。

這可是第一次有可以一起談話的機會，不過氣氛有點僵。雷毅咳了一聲，鄭重其事地說道：「大家來自我介紹吧，我看順時鐘，由我先開始吧。」

一番波瀾壯闊的自我介紹就此展開，雷毅滔滔不絕的氣勢讓人覺得要他講三天三夜都沒問題，只差手上沒麥克風助勢。

若平悄悄用左手肘往他肋骨一擊。

推理作家咳了一聲，喘了口氣，擦擦嘴巴，「總之我是寫推理小說的，大家回去後一定要踴躍捧場，支持本土推理小說……我的書各大書局都有出售，絕對精采，保證好看。現在請下一位。」

其他人依序介紹。三名女大學生是同一所大學的好朋友，讀日文系的高個子女孩嚴雅晴外向活潑、快人快語；遺失筆的張喬音是英文系，沉靜寡言、穩重內斂；綁馬尾的是韓文系的韓琇琪，樸實、熱心。可能是有雷毅的錯誤示範在先，她們的自我介紹都簡短有力，與之前的長篇大論形成強烈對比。

冷艷的女郎名叫凌霞楓，連自己的職業都沒提及，便結束自我介紹；至於老夫婦名為陳國茂、陳莉繪，兩人都已經退休，用退休金在環遊世界，子女也都長大成人，任由他們自己去飛翔了。

輪到若平時他只報上名字，簡單提及自己是助理教授，閒暇時喜歡看推理小說，便草草結束。

「林先生教什麼課啊？」陳先生滿臉笑容地問。

「我教哲學。」

「哲學啊，那不是很枯燥嗎？」嚴雅晴皺著眉頭說道，「我有同學就是因為讀了《蘇菲的世界》而對哲學發生興趣，去讀哲學系，結果才發現跟她想的完全不一樣。」

「興趣是最重要的動力……《蘇菲的世界》是比較趣味、小說性的寫法，當然跟真正的哲學書不一樣，」若平解釋。

「其實我上學期修過哲學概論，」張喬音右手放下筷子，「可能是老師教得好吧，我覺得還滿有趣的。」

韓琇琪嘟著嘴說：「你那位老師比較好吧，我另一個同學修哲學概論，那老師叫他們買了一堆他自己寫的書，不但貴又寫得爛！」

「哲學就是人生智慧呀！」陳先生笑咪咪地說，「我們這個年紀的人才懂。」

「你好像都沒學到呢，」陳太太說，「趕快吃，飯菜都涼了。」

凌小姐冷冷地用餐，一句話都沒說。

雷毅突然一拳敲響桌子，喝道：「各位，年輕人就是不懂得替自己宣傳，我都快看不過去了……若平這傢伙的來歷我若說出來一定讓你們嚇到從椅子上跌下來！他就是半年前偵破霧影莊謀殺案的那位業餘偵探！」

來不及了。若平嘆口氣。坐他旁邊真不知是禍是福。

一陣短暫的沉默後，第一個開口的竟然是凌小姐。「霧影莊？你就是那個林若平？」

雷毅搶在若平之前回答：「沒錯，就是他，當時血案發生時我也在裡頭，親眼目睹他如何神奇破案。」

「哇！那你頭腦一定很好囉！」嚴雅晴興奮得雙手合在胸前，一副欣賞稀有動物的樣子。

韓琇琪也喃喃自語：「那時候的報導我忘記了……我還以為金田一那種情節只有在漫畫裡才會發生，太神奇了。」

「破案也是很仰賴運氣的。」若平說。

接著眾人要他講述該次案件的來龍去脈，他答應了。可是後來發現全程說故事的人竟然變成雷毅，他變成在一旁補充細節的助手。

雷毅的描述尤其著重在血肉糢糊的屍體，一個槍傷傷口被他講得好像死者被打成蜂窩似的。若平瞄見陳老太太吐了一口食物到一旁的盤子上，面露噁心狀。

就這樣結束了一場盛宴，眾人站起身準備離開。

另一台灣團在剛剛就離開了。

他走出門前先上了洗手間，與那名憂鬱的男子擦身而過。那一刻他突然有種感覺，男人剛才之所以沒有與自己同桌是因為凌霞楓小姐先在那桌坐下，他為了刻意迴避才選了另一桌。

只是種感覺罷了。他也不知道是不是錯覺。

總之，那名男子似乎在心底隱藏些什麼。

要相當注意團員所表現出來的蛛絲馬跡以及他們的互動。斯芬克斯很可能潛藏在他們之中……

身子陷在沙發裡，兩腳放在床上，若平摀住一個呵欠，暫時在腦中關掉中午的畫面。面對自己的是整面的落地窗，兩邊的窗簾拉上，留下一條縫隙，滲入外頭的黑暗。房內開著昏黃的燈，氣氛有些幽微。

他盯視著那條縫隙，心想著該上床睡覺了。

他伸手進背包裡，拿出《啤酒之家的冒險》，決定在睡覺前再翻看幾頁。維持舒適的坐姿，他攤開書本，眼睛不經意地往窗簾縫隙掃過。

那一剎那他整個人從沙發上跳起來。

從那未被窗簾掩蓋的長條缺口中，閃現了金色的臉龐，那是圖片中常見的埃及法老王的臉。法老的兩隻眼睛是空洞的，猶如兩圈深邃的黑暗，深不見底。

金色臉孔之下什麼都沒有，整體看來猶如一個面具漂浮在空中。

若平將書往床上一扔，快步向前，以最快的速度用兩手將窗簾往左右拉開。就在他拉開窗簾的那一刻更是怔住了。他發現窗外的物體並不是一具人形，而是一隻浮在地面上的人面獅身獸！

那隻怪物直接從他面前隔著落地窗飛升而上，速度相當快；若平在那一瞬間瞥見牠帶爪的四肢與巨大的雙翼；雖然在黑暗中看不清楚細部構造，但大致的輪廓都沒逃過他眼睛。整隻怪獸的體積與一個五歲小孩差不多。

他打開落地窗，躍上外面的步道，抬頭。

二樓同樣有著一整排的房間，沒看見半個影子，不過黑暗中響起一陣急奔的腳步聲，相當清脆。

似乎是奔向連接另一棟旅館建築的走廊。

他沒多想，立刻往前繞過自己的房間，直直地往眼前的走廊狂奔。

不管那東西是人是獸，牠現在一定在自己的上方，同樣直線前進，但一到了另一棟建築，牠的方向就無法捉摸了。

他聽得見自己的喘息聲、奔跑聲，樓上的聲響卻是一片模糊，彷彿瞬間消失了蹤跡。

他直接奔上一旁的階梯，連跑帶跳地上到二樓，眼前正是連接他房間所在建築的通道。左右是成排的客房。

半個人影也沒有。

建築只有兩層樓，上下樓的途徑就只有這道階梯，而斯芬克斯要下樓的話一定會碰上上樓的他，除非斯芬克斯從二樓直接跳下去……

或者是進入二樓的房間。

那不是怪獸，一定是有人在裝神弄鬼，後來的腳步聲便可以證明是人，那是穿著鞋子才會發出的聲響。

但人怎能浮在半空中又飛升到二樓？

他在二樓小心翼翼地來回巡視，但每間房門都關得緊緊的，看不出異狀，他嘆了口氣，從通道走回他房間所在的建築。

到了平行的二樓，他步上往下的階梯，後悔剛剛沒有從這裡上去追逐斯芬克斯，不然應該可以掌握到牠的行蹤。但已經太遲了。

一樓樓梯底一道人影迎面而來，是那名看起來很憂鬱的男子。若平知道他叫邱憲銘。

「啊，是你，」他們即將擦身而過的時候，對方這麼說道，「你看起來好匆忙，」沒精打采的語氣。

「你剛剛有看到任何人在附近出沒嗎？」

「我才剛從房間出來，透透氣，你是我第一個遇上的人。」

若平發現他手上夾根菸。

「我也是出來走走，沒事的話，晚安，」他繞過邱憲銘，朝自己房間走去。

若平一走到房門前才想起門從裡頭上鎖，他剛剛是從落地窗出來的。於是他又繞回落地窗那一面。窗戶仍舊敞開。

就在他左腳跨入室內，右手按在窗框上時，突然感到手掌好像觸摸到什麼東西。

他後退一步，藉著房內的燈光辨識。

那是一張斯芬克斯的卡片，跟之前夾在他書本裡的一模一樣。

又一次！

他伸出右手，顫抖著把卡片撕下來。似乎是用小片的雙面膠固定的。

背面依舊用黑色的工整筆跡寫著：

你的動作太慢了，我已經從你的房間取得我要的東西。持續警戒，只要再得到一項物品，我們的遊戲便進入第二階段。我已經將第二階段的「受害物」提示給你，你還是沒辦法拆穿我的把戲嗎？

斯芬克斯

他衝進房內，也顧不得落地窗沒有關，便直奔牆邊他的行李。一陣翻找。沒有東西失竊。

他直起身，皺眉。

該不會是浴室的牙刷被偷了吧？

他感到好笑卻笑不出來。

就在腳步移向浴室時，目光掃過床上。

他知道什麼東西被偷了。

剛才他從落地窗奔出去前丟在床上的推理小說，現在已經不翼而飛。

4 斯芬克斯＝S-P-H-I-N-X

為了確定自己沒有弄錯，若平又搜查了一遍整張床。

真的什麼都沒有，書不見了。

他轉身回去把落地窗關好，因為房間冷氣還開著。

把窗簾拉上。然後坐在床沿思考。

到底，斯芬克斯要那本小說做什麼？難不成只是想讀西澤保彥？

有一點令他百思不解。

他追逐斯芬克斯到二樓，對方消失蹤影，可以確定的是，根據腳步聲判斷，斯芬克斯的確藉著連接廊比他先到達了另一棟建築。對方比他先到了大概四秒鐘，他自己上樓梯約花了三秒；斯芬克斯有可能用七秒的時間再折回原來的建築嗎？

當然可以，但要不發出腳步聲，「他」可能得脫掉鞋子——不用「牠」，因為確定對方是人了。

趁著若平在第二棟建築東找西找時，斯芬克斯進他的房間偷了書，然後溜之大吉。整個過程應該是這樣。

問題是對方根本無法預測他的追逐方向，萬一一開始若平就直接奔上二樓，而不是跑到第二棟建築才上二樓，那斯芬克斯的逃跑路線可能就會被鎖定，而無法順利偷得東西。真的要調虎離山的話，會用這麼不保險的方法嗎？

除非有共犯。

也就是說，斯芬克斯的「正體」引若平離開，當其到達另一棟建築時，可能躲進入二樓的房間；同時另一名共犯進入若平的房間偷竊。這也是一種可能。以對方一開始行動的目的就是偷書而言，這種可能性或許較大。

剛剛遇到的邱憲銘，是不是有可疑之處？

他先拋棄無根據的懷疑，思考下一個問題：斯芬克斯的飛升之術。

從一樓直接升到二樓，而一開始又浮在半空中，最直接聯想到的答案是……繩索！

對，那隻斯芬克斯不過是具傀儡，二樓有人用連接在傀儡上的繩子操作，一定是這樣沒錯，方才斯芬克斯飛上二樓的那一瞬間，他隱約望見其四肢上有連接著細繩之類的東西。這項行動的目的不過是要引誘他出房間。

他想起斯芬克斯的金色臉孔。斯芬克斯的臉通常是國王的肖像……那空洞的眼神。

「只要再得到一項物品，我們的遊戲便進入第二階段」……

對方還準備再偷什麼？第二階段的「受害物」又會是什麼？

太陽眼鏡、筆、手帕、聖經、小說……

隱隱約約，他似乎能看見連結這些物品的那條線，但實在是太曖昧不清了。

思考暫時觸礁，決定先休息再說。

※※※

第二天他們驅車前往紅海。據說可自費浮潛，即使是不會游泳的人也能體會潛水之樂。遊覽車抵達濱海旅館之後，領隊宣布等會兒集合吃午餐的時間，並說下午自由活動，晚上則帶大夥兒去逛虎加達（Hurghada）市區。

這間附屬在旅館內的餐廳是自助式，座位採小桌制，因此團員都分散成小團體坐。若平與雷毅坐一道，閒聊著附近的種種。

用完午餐後，若平出發尋找自己的房間。客房一棟棟地坐落在旅館正廳後方，午後的熱氣蒸騰著。

接過運送過來的行李後，若平關上房門，接著倒在床上，外頭熱得跟什麼似的，倒不如躲在房裡吹冷氣。

他最討厭玩水，雖然說不會游泳也可以浮潛，可是他就是討厭水。

但想想，難得來埃及，沒去浮潛也就算了，就這樣在房裡耗上一個下午好像也很浪費時間。總之，還是到外面走走？

他穿好鞋子，打開房門，一股熱風迎面而來。開始有點後悔。

旅館房間與正廳的建築是分開的，正廳建築包括大廳、網咖、餐廳與一些商店。

若平從側門繞過餐廳，來到往二樓的樓梯，樓梯旁有幾間藝品店。左側那間小店的埃及人不斷向他招手，要他進去參觀。

他走了進去。

店面很小，四周牆壁掛滿了各種藝品。金字塔、人面獅身像、法老王圍繞著他。不過他現在對人面獅身像有點感冒。

埃及人不斷向他推銷，不過若平都婉拒了。

這些東西對他來說是可有可無，他也從來不買紀念品。

「那這個如何？你一定會喜歡的……」老闆用英文問他，手上拿著一具金字塔的模型。

「謝謝，真的不用了。」他用英文回答。

這時門口有人進入，兩個人都轉頭過去。

是那名在飛機上遇到的女孩。

她睜大了雙眼，露出詫異的表情，但隨即漾出微笑。

「嗨，真巧，」女孩穿著輕便的T恤與運動鞋、長褲，斜揹帶有綠色小熊的棕色包包，「你也來逛啊？」

「嗯，隨便看看。」

老闆搶在若平之前靠近女孩，開始推銷。

女孩很有禮貌地敷衍一陣，便靠向若平這邊。

「你沒有去浮潛嗎？」她問。

「沒有，我討厭水。妳呢？也沒有去？」

「不太想……我也不太喜歡。」

「你是參加『佳富』旅遊吧？」

「嗯，你是『彩晶』？」

這時老闆突然拿了一本簿子過來放在桌上，要兩人在上頭留言。

若平翻了翻簿子，上頭是各國人士到此一遊的留言，留的多半是一些自己的資料以及祝福生意興隆的話語。他往右轉頭看了女孩一眼，然後接過老闆給的原子筆，翻開空白的一頁，開始書寫。

林若平，興趣是閱讀推理小說。妳呢？

他放下筆。女孩笑了笑，戴著楓葉手鍊的手接過原子筆開始唰唰地寫。

沈珞文，小學英文教師。喜歡旅行。

若平拿起筆正要再寫時，女孩輕聲說道：「我們出去聊吧，別再為老闆增添麻煩。」

「說得也是。」

兩人向老闆道別，留下他去研究艱深的中文字，便往旅館大廳走去。

「怎麼會想一個人出國旅遊？」他先問。

「噢，難得暑假，想一個人靜一靜吧。平常在學校面對一堆吵鬧的孩子，片刻不得安寧。」

「昨天有去金字塔嗎？」

「有啊，你沒看到我嗎？」

「沒有……可能是太熱，人又太多，熱昏頭了。」

「有可能，埃及真的好熱啊……我們坐這裡好了，」女孩指著大廳中央的噴水池，圍繞著噴水池有一圈看起來很舒適的沙發座位。

兩人落座。

「這次出國還好玩嗎？」琢磨再三後，若平這麼問道。

「不錯，很滿意。」

「對了……你的第一本推理書是哪一本？」

差點忘了共同話題——推理小說。

「第一本啊……我想想，好像是克麗絲蒂的《一個都不留》。」

「那的確是本經典。」

「真的很精采，我記得我是在半夜看的，熬夜把它看完。」

「有沒有讀過本土推理？」

「有，對了！我想起來了，你們旅行團不是有一位本土作家？」

「妳是說雷毅嗎？」

「就是他！不過他的書我根本沒看過……你們應該認識吧？」

「妳怎麼知道我們認識？」

「你們不是曾經一起在霧影莊……」

「你知道霧影莊的事？」

「啊，剛剛看到你的名字，我就在猜你可能是……」她有點不知所措地說。

「原來妳有在關注這類新聞。」

「那件事滿轟動的，不注意也難，我還特地詳細看了報導。」

「是嗎……雷毅那傢伙滿搞笑的，這次巧遇到他，感覺都沒變。」

「他做了什麼事嗎？推理作家是不是都有奇怪的癖性？」

他沒回答第二個問題。「像昨天在金字塔，雷毅還跟旁邊遮陽傘下的兩個埃及衛兵攀談，最後還稱兄道弟起來。」

「你是說守護在金字塔旁的警衛嗎？」

「對，他還請他們香菸，還問我跟領隊要不要抽，結果我們兩個都不抽菸。」

「聽起來有樂在其中的感覺，」她摀著嘴笑道。

「還拜託我幫他們拍照，真是受不了。不過他似乎是很會享受生活的人。」

「……你們旅行團今晚是什麼活動？」她突然換了個話題。

「好像是要上市區逛街，妳們呢？」

「我們也是，或許我們晚上還會再碰面呢，」她邊說邊站起來，「我想回房睡個午覺了。」

「我陪妳走回去。」

他們離開大廳。

在其中一棟客房建築前她停下來，比了比房門，「我的房間在這裡。」

「晚上見。」

她回給他一個微笑，便轉身開門。

若平踱回自己的房間。關上門。

他沉入沙發內，右手伸入背包，發現什麼都沒摸到，這才想起小說老早被偷了。

漸漸地，隨著意識的模糊，他逐漸跌入夢鄉，夢見斯芬克斯那張空洞的臉孔凝視著他，張牙舞爪，腳下則散落著那些失竊的物品……

把夢打碎的是一陣急促的敲門聲和粗嘎的嗓音。

「喂！若平，快開門啊！」

砰砰的敲門聲令若平驚醒，他立刻從椅子上彈跳起來。

「到底在不在啊？」是雷毅的聲音。

他走到門前，打開門，雷毅那張圓臉瞪視著他。若平還未開口雷毅就說道：「你一定是坐在沙發上睡著了吧？」

「你怎麼知道？」

「你的頭髮只有後腦部分翹起來，正是仰躺在沙發上的最佳證明。好啦，衣服穿一穿，準備祭五臟廟啦！」

若平整理了一下儀容，與雷毅一同步向餐廳。

仍舊是中午那間附屬在旅館內的餐廳，導遊、領隊及所有團員都在。好像有不少人去浮潛，興高采烈地在談論美麗的海底世界。

坐在他身旁的雷毅大口大口嚼著麵包加果醬，喝著蔬菜湯，不斷發出驚人的聲響。

「有一件不知道算不算奇怪的事，」雷毅突然開口，「或許根本不足掛齒。」

「什麼事？」若平漫不經心地問。

「我有東西不見了。」

聽到這句話，他整個人精神都來了。

「什麼東西？說清楚一點。」

「你好像很有興趣？」雷毅露出陰險的笑容，「你是不是知道什麼事？」

「職業病，別在意。」

「算了，」推理作家嘆口氣，「又不是不知道你喜歡解謎。事情是這樣的，我上次到美國旅行時買了一張聖誕卡，後來把它塞在行李箱的內袋中，沒想到回國後忘了拿出來，一直到昨晚我檢查行李箱時才發現它。」

「然後呢？」

「我下午在整理行李時發現它不見了，我沒有去動它，我也確定卡片一直在那裡，所以結論是有人偷了我的東西。」

「你能想到任何動機嗎？」

「有可能是某些看不慣我作品的瘋狂推理迷幹的……」

「從你最後一次見到卡片到發現它被偷，竊賊有什麼機會下手？」

「大概是今天下午吧，我浮潛回來後發現我忘了鎖門。」

「不是你鎖了後才被人打開？」

「我相當確定不是，」雷毅又滿臉詭異的笑容，「怎樣，大偵探，你覺得有誰會偷我的聖誕卡？這好像是個不怎麼刺激的案件，不是嗎？」

「那可難說，你難道沒有多一點的線索給我？」

「沒了，快點展現你高超的推理能力吧。」

「線索太少，先吃飯吧。」

之後，吃過飯的團員們魚貫上了遊覽車，準備到虎加達市區走走、購物。

黑暗的車行時間中，若平思索著。

斯芬克斯最後找上的是雷毅，聖誕卡遭竊？

太陽眼鏡、筆、手帕、聖經、小說、卡片……

有關聯嗎？

這時候他腦中突然掠過另一個想法，斯芬克斯會不會是這些受害者的其中一個？

只要遭竊也就不會被懷疑，而且可以解釋物品是在何時被偷的怪異問題。

舉韓琇琪為例，根本找不出犯人破壞她聖經的時間；但從另一個角度思考，如果她是斯芬克斯的話，這個問題就不存在了，因為她可以在任何獨處的時間破壞它！

那麼雷毅呢？這次旅行會遇到他也太巧了，以他的個性，會想策劃鬥智遊戲來玩弄自己也不是不可能，愈想愈覺得他有可能是斯芬克斯。

但一切都是猜測，或許實情遠超乎他的想像。他有種預感，以目前的線索要了解真相，恐怕還太早。

仔細想想，自己對團員們都還不太了解，互動的時間大概只有吃飯時間。

他回想起昨天吃晚飯的情景。

昨天的晚餐旅行社安排的是埃及套餐，薄餅沾調味醬再配上羊肉湯。

餐廳位在一條大街道旁，隔壁是雜貨店；街上有幾個埃及小女孩在玩耍，穿梭在來去的行人中。

謝領隊與穆罕默德帶領團員們走進餐館，穿越許多好奇的埃及人，到達最深處的房間；裡頭兩張長方桌並排著，上頭點飾著餐具。

若平在長方形的餐桌旁坐下後，旁邊傳來女孩的聲音：「我要坐大偵探旁邊啦！」轉頭一看，原來是嚴雅晴一臉興奮地站在旁邊。女孩拉出椅子，問：「不介意我坐你旁邊吧？」

「請坐。」

「妳不要給人家添麻煩啦，」韓琇琪扯著嚴雅晴的手不安地說。

「不要緊的，」若平微笑，「坐吧。」

「謝謝，」嚴雅晴欣然坐下。一旁的韓琇琪看了張喬音一眼，聳聳肩，嘆口氣。兩人先後坐下。

在若平對面落座的是沉鬱男子，邱憲銘。他對若平點了點頭，但沒有笑。

那對年輕新婚夫妻，程杰晉與江筱妮。也在若平對面落座，兩人都露出和善的笑容。程杰晉的體格相當好，皮膚黝黑，留著一頭短髮，言談十分幽默，舉手投足間有股男性魅力。他是某所高中的體育老師，才剛任教不久。

至於他那嬌小玲瓏，戴著閃亮耳環、有著一對水汪汪大眼的妻子則是同校的國文老師，說話嗓音有如銀鈴般清脆，是相當甜美的女人，據說是大學時代認識的，費盡千辛萬苦，好不容易弄到兩人都在同一所學校教書後，就結婚了。

若平跟嚴雅晴聊了幾句霧影莊的案件後，很自然地跟面前的程杰晉談了起來，開始聊起現代教育制度下的學生。江筱妮則與張喬音、韓琇琪熱絡地天南地北。

這時，若平隔壁的嚴雅晴突然站起來，轉身。

「雅晴妳要去哪裡啊？」韓琇琪疑惑地抬頭問道。

「我吃飽了，我到外面走走。」語調很不自在。說完她便離開餐廳了。

「奇怪，她是怎麼了啊，剛剛還好好的，」韓琇琪皺著眉頭說。

「妳們的朋友還好吧？主菜好像都還沒上呢，」江筱妮好心地問。

「勞您費心了，不過我想她沒事的。我們繼續剛剛的話題吧，」張喬音說道。

程杰晉不以為意地繼續對著若平說話，而邱憲銘則是不發一語地吃著薄餅，好像什麼事都未曾發生似的。

車子轉了個彎，若平也從回想中淡出。

若要說奇怪的話，團員裡只有邱憲銘讓他感到比較可疑，其他感覺上都很正常。不過那三名女大學生……

他望著窗外，腦袋不停地運轉，嘗試組合各種可能性。

車行一段時間到達市區、停放妥當後，謝領隊宣布一個半小時後在停車處集合，大家便解散了。

這條街非常熱鬧，沿路不少路邊攤販，賣的不外是人面獅身像、法老半身像的迷你版，也有貝殼、衣服、飾品等。
店面裡的東西就更多了，令人目不暇給的埃及手工藝品，琳瑯滿目，但若平一樣也沒買。走在街道上最有趣的事是，埃及商人一看到外國遊客馬上上前招攬，幾乎是每走三步就會被喊一次。若平只得不停地擺手婉拒，頓時讓他覺得逛街也是很累人的一件事。
「林若平！」
他猛一回頭，是沈珞文。
她小跑步過來，臉泛紅潮，氣喘吁吁地說：「我大老遠就看見你了，不過叫你你都沒聽見。」
「抱歉，我大概是太專注在想事情了。」
她調整好呼息後，微笑道，「走吧，我們一起逛。」
「好啊，要不要吃冰淇淋，那裡有賣，我請妳吧。」
「當然好！」
他買了兩球的冰淇淋給她跟自己，兩個人邊吃邊逛街。
他們聊了些瑣事後，沈珞文說：「談談你辦過的案子吧！」
「想聽哪一件？」
「你有沒有辦過哪一個案子是沒有謀殺案的？」
「我想想……有個案子很有趣卻沒有犯罪事件。」
「是什麼案子？」

「有個男學生暗戀另一名女學生，後來他們利用鋼琴來作為交換信件的地點，通了許多次信；最後女方留下一連串暗號給男方，便杳無音訊。結尾發展出出人意料的真相。」[2]

「聽起來很浪漫，你竟然會經手這種事件。」

「什麼案件都有可能遇上，不過我喜歡上述那個案件的浪漫色彩。」

「聽起來是個以愛情為主軸的故事，介意告訴我詳情嗎？」女孩露出認真的神情。

「當然不介意。故事從某一個夜晚開始……」

沈珞文是一名很好的聆聽者，不隨意打斷若平的講述，但會在適當時機插入適當的話語，讓他有興致繼續說下去。

「真的是一個很有趣的事件，」故事落幕時，沈珞文這麼說道。隨即她又以興奮的語調問：「未來幾天有空再告訴我其他故事吧，我很有興趣。」

「當然。」

將近十點二十分時兩人一同回到停車處，不少人已在那裡等待，當他正疑惑為何大家都不上車時，謝領隊告訴他司機臨時有事還沒回來，等一下才會來開門，而且還有團員還沒到。

「我們旅行團的車在那邊，」女孩指著停車場的另一端，「大家好像都上車了，我先走了。」

「跟妳聊天很愉快，祝妳好夢。」

---

[2] 詳見短篇〈鋼琴裡的愛情〉。

「嗯，明天見。」

女孩走後，雷毅向若平走來，打了聲招呼，手上提滿大包小包的袋子，樂道：「看我的豐碩成果！」

「你到底買了什麼？」

「最主要是人面獅身像，各種尺寸的我都買了，還有法老的塑像，躺的站的全身的半身的都有，花了不少銀子啊。」

「原來你有人面獅身像的收藏癖。」

「我本來就是藝品收藏家，」雷毅笑嘻嘻地說。

在停車處旁又是一間藝品店，店面還不算小。可能是等得不耐煩吧，化著淡妝的凌霞楓小姐發出一聲不滿的怨嘆後，便走了進去。

一看到她進去，其他人便也一窩蜂地跟了進去。

若平聽到謝領隊用英語對穆罕默德說他也要進去看看，如果剩下的團員到了知會他們一聲，說人都在店裡。沒到的好像只剩下那一家四口。

店裡東西不少，但實用性都不高，可以買來當紀念品。他左看右看，看到的不外乎是人面獅身像、法老王、金字塔等衍生出來的藝品。

在店內閒晃的若平，突然聽到一陣似曾相識的聲音——女人的聲音。

他循著聲音來源望去。是凌小姐用英文在與店員談話。其他人的目光似乎也被吸引過去了。

「三十美金，」店員說道，他的右手捧著一座約二十公分寬，七、八公分高的人面獅身像，看起來十分精美，與先前看過的粗製濫造品顯然完全不同，散發出黃金的色澤。

「不，五塊美金，」凌小姐冷冷地說。

「但是這座質地很好！賣我的那人也是以很高價錢買進的，請照我開的價買，」埃及人激動地說道。

「那麼，四塊美金，不然拉倒，」她的口氣更冷了。

埃及人似乎愣住了，攤著手不知如何是好。「二十塊美金，夠公平了，聽著，我必須養家——」

凌小姐轉身就走。

「好好……四塊美金。」

她轉過身，把鈔票遞給店員。「早說不就得了。」

店員皺了皺眉頭，似乎開始後悔剛才他匆促的決定。

凌小姐接過裝著斯芬克斯的盒子，不發一語地走出了店鋪。

「殺得好，」雷毅喃喃自語，瞄了眼那名挫敗的埃及人，「殺價就是要有這種氣勢。話說回來，那人面獅身像質地還真好，我怎麼都沒看見這種貨！」

謝領隊咳了一聲，向大夥說道：「我們走失的團員已經回來了，該上車了。」

團員們踩著疲累的步伐，紛紛上車。

經過凌小姐的座位時，若平瞄見她把玩著新買來的紀念品，臉上還是冷冷的表情。其他人似乎也買了不少東西，只有他兩手空空。

驅車回旅館後，眾人紛紛回房休息。

走在廊道上，連晚風都是熱風。

進房，洗了個舒服的澡後，他癱在床上。

然後站起來，無意識地拉開落地窗的窗簾，向外瞄了瞄。

外頭蜿蜒著通向海邊的步道，沿路昏黃的路燈點綴著。兩道並立而行的人影映入他眼簾，隨即沒入他視線之外的黑暗。

雖然只有匆匆一瞥，但他確信自己沒有看錯。

那是謝領隊與凌小姐。

他拉上窗簾。心思轉向案情上。

就目前所發生的事，難道不能組織些什麼？

不少東西被偷了，但那又代表什麼？

他站起來，開始在房內踱步。

斯芬克斯，斯芬克斯。他的對手是斯芬克斯。

鬥智遊戲……

眼鏡、筆、手帕、聖經、小說、聖誕卡……遭破壞的聖經被撕掉一頁，就整件事的意義來說也算被偷，只是多加了點戲劇化的呈現。

凌小姐剛剛買了個斯芬克斯。斯芬克斯英文是sphinx。

Sphinx……

突然，他踱步的腳停住，心頭一緊。

難道……

不會吧？是這樣嗎？完全吻合！

總算有點眉目了！

他拿出空白紙張與原子筆，依序寫下太陽眼鏡、筆、手帕、聖經紙、小說、聖誕卡。

接著他寫下每項物品的英文：太陽眼鏡／sunglasses，筆／pen，手帕／hankerchief，聖經紙／India paper，小說／novel, 聖誕卡／Xmas card。

原來如此！把每個失竊物的英文單字的頭一個字母抓出來拼在一起，即得到S-P-H-I-N-X=SPHINX！

也就是斯芬克斯！

5 無名火／無頭嬰

他不禁啞然失笑。莫名其妙的連續失竊案只是為了傳達這愚蠢的字謎？或者這拼出來的英文單字有其他意義在？比如說，某種預示？

預示？不無可能。但預示什麼？

也許斯芬克斯下一個目標是要偷凌小姐今天買的人面獅身像，畢竟卡片提到已經把第二階段的「受害物」提示給他，但斯芬克斯不可能料到凌小姐會買它。這是怎麼回事？

斯芬克斯這顆不定時炸彈令他無法盡情遊玩，要解決一切問題，只有把這名幕後主使者揪出來，便能真相大白。

他攤開筆記簿，翻開全新的一頁，拿起筆開始把整個事件的細節與流程記下。也記錄了相關的人物資料，以及任何值得注意與參考的線索。

這花了他兩個小時。

在這整個事件中，最困擾他的是動機跟犯人的身分，他直覺這兩個元素是相連在一起的，只要知道其中一個答案，另一個便能迎刃而解。

不過這些都只是猜測。

旅程的終點站似乎還遠得很。

※※※

隔天遊覽車離開濱海飯店，朝尼羅河畔駛去。接下來連續三晚他們都要在遊輪上過夜；今天上了船後，將沿河遊覽、參觀神殿，食宿都在船上。這三天可以說是整個行程的最大賣點。

早上是連續數個鐘頭的車程，謝領隊先讓導遊穆罕默德解說一下埃及的歷史後，自己又做了一番補充，便放下麥克風，讓大家的耳根子清靜一下。

坐在若平前面的雷毅在穆罕默德講話時就已經陣亡了。若平望著窗外的景緻，無睡意，陷入了沉思。美麗的尼羅河，他今天就能一睹其風采。夕陽下的尼羅河一定很美吧？獨自一人憑靠在頂層甲板的欄杆，眺望著被染成金黃色的河水……多麼罕有的機會。

「對不起打擾各位閉目養神，」謝領隊的聲音響起，「各位，右手邊這座神殿就是我們待會兒要參觀的，另一座是安排在下午的行程。我們上船用完午餐後會再出來參觀。兩座神殿都在附近而已。各位手上的行程表裡面寫著兩座神殿都是下午參觀，不過我昨天也說過了，行程表只是參考用的，參觀內容大致相同，但順序會隨情況而調動，我想有出國旅遊過的人都應該明白……好了，車子停好後就可以下車了。」

埃及的神殿真的是十分壯觀，規模宏大，氣勢磅礴，雖然歲月的刻蝕明顯易見，但望著那雄偉建築時，古代帝王的那股丰姿卻猶如在眼前般地鮮明。

進入後，穆罕默德示意大家躲入陰暗處，他要先做一番神殿的解說。

聽著聽著，雖然躲在影子裡，但仍舊酷熱難當，流金鑠石的溫度令若平口乾舌燥，一點也沒有心神去聆聽導遊的長篇大論。他掃了一眼大家的穿著，男性不提，女性的穿著是愈來愈清涼了。

三名女大學生都踩著海灘拖鞋，戴頂遮陽帽子，張喬音的長髮也紮起。真的是熱得受不了。他看見雷毅舌頭外伸，已經快中暑了。

謝領隊中譯完導遊的解說後，回頭用英文與他交談，穆罕默德有點不明就裡地回問，謝領隊慎重其事解釋一番後，穆罕默德才點點頭。

若平因為站得太遠，沒聽清楚確切的交談內容。

謝領隊轉過身來面對大家，說道：「因為遊輪上供應午餐的時間已到，我想這個神殿剩下的部分我們就下午再來參觀，現在請大家跟著我走，遊輪就在附近而已。」

一行人邊擦汗邊步行。雖然謝領隊說遊輪就在附近，但也有一段距離。不過遠遠望去就能看見許多艘船隻的上半部，那肯定就是他們的水上飯店了。

「哇！好棒！真的要住那裡面啊！」韓琇琪露出企盼歡欣的表情，「雖比不上鐵達尼號，但已經不錯了……雅晴你在看哪裡啊？怎麼一副失神的樣子？」

「啊，有嗎？沒有吧，」嚴雅晴用微弱的聲音說，「太熱了，所以沒什麼精神。」

張喬音轉頭，用她一向穩重的語調說：「等會兒上船你看要不要先洗個澡，會好一點吧。」

「嗯，謝謝你，喬音你真體貼，」嚴雅晴露出一個虛弱的笑容。

近十艘水上旅館停泊河畔，船名都用鮮麗的顏色漆在船身上，每個人臉上都露出欣喜的表情。聽導遊說，裡頭有近百個房間。

謝領隊宣布：「我們的船名是PIONEER，拓荒者號，我看到了，在那裡，橘色那艘。」

鮮豔的橘色船身在正午的日光照射下格外顯眼；最頂層的甲板散置著涼椅，中間還有一座吧台，事實上鄰近的船隻都是如此模樣。

河畔，人群聚集，來來往往。

這些都是來旅行的遊客吧。他暗想。

尼羅河，充滿神祕與浪漫色彩的尼羅河，慵懶地躺在他面前，呈現出風情萬種的浪漫。

眾人來到了船前，上船的小橋已經搭好，兩名船員站在入口迎接他們，露出和善的微笑。導遊帶領，領隊殿後，他們一個個上了小橋，進入船內。

一進到大廳內，一陣豁然開朗；對面是服務台，後邊牆壁掛著四個時鐘，由左至右分別標示開羅、紐約、東京、倫敦的時間；天花板挑高的大廳中央垂下一盞華麗的吊燈，閃閃發亮；右邊一道旋轉樓梯通向二、三樓；整體氣氛十分整潔、舒適。

謝領隊走向櫃檯與服務人員交談了幾句，轉過身來說道：「午餐已經開始供應了，我們先去吃飯，吃飽後請各位在這裡集合，發個鑰匙讓大家回房休息，再繼續下午的行程。餐廳在樓下，樓梯在右手邊角落那裡。」

若平這才注意到進門右邊角落有一道向下的樓梯。

眾人下樓梯後，出現在眼前的是一間寬敞的餐室，華麗的地毯延展腳下，許多來自世界各國的旅客坐在鋪著潔白桌巾的桌旁動著刀叉，大快朵頤，有說有笑；白衣的埃及侍應生穿梭其間，上菜收盤。

「人家都已經在開動了，我的肚子快餓扁了，」雷毅摸摸肚子，咕噥道。

「我們的位置是靠窗這兩桌，」謝領隊指著兩張方形餐桌，說：「中午吃的是套餐。」

窗外河水竟然高至頭部，若平才想起這裡是地下一樓，整艘船的底部是沒入水裡的，也就是說他們現在可以說是在水中用餐。

眾人落座後，侍者立刻端上熱騰騰的濃湯，每個人都狼吞虎嚥起來。解決湯後，主菜立刻上桌。是肉排。他擎起刀叉，邊吃邊往四周觀望。

餐廳中央是沙拉吧，不過現在沒有食物擺在上頭，那應該是吃早餐時使用的吧。另一邊那桌坐的不是另一團臺灣團，「佳富」旅遊嗎？

沈珞文坐的方向正好面對若平的視線，她立刻露出微笑，拿起皮包上的小熊，輕輕搖著小熊軟綿綿的左熊掌對他招手。

他點頭致意。

「咦？你認識那邊的人啊？」嚴雅晴問。

「噢，在飛機上認識的，也是台灣來的旅客。」

這次與若平同桌的人有雷毅、嚴雅晴、邱憲銘，和那一家四口——林政達先生、他太太許芳文，還有他們的兩個孩子。

雷毅露出陰險的冷笑，「名偵探的把妹技巧不錯呢！」

若平正要反駁時，雷毅接著又說：「話說回來，上次霧影莊那個陽光小妞哪裡去了？該不會你把她甩了吧？」

「雷先生的作品我拜讀過幾本，」一旁的林先生突然插嘴進來，「我個人比較欣賞的是……」

若平鬆了一口氣，總算有人懂得一些人情世故。

林政達是地方基層的公務人員，頭髮梳理整齊，塗抹過多的髮油閃閃發亮，頭髮雖全黑，但鬢角處有白色髮絲，猜測應該是有染髮過；許芳文太太是家庭主婦，年紀四十左右，笑容十分親切；兩名小孩，林宇翔是國一學生，戴著眼鏡，正值變聲時期，嗓音沙啞；林欣涵是小四學生，綁著兩條小辮子，一臉稚氣。兩個後生晚輩都相當安靜，扒著肉排。

一見雷毅與林先生聊了起來，若平轉頭問嚴雅晴：「妳怎麼沒跟妳朋友坐在一起呢？」

「喔，我說我要跟你坐一起，聽聽你的辦案經歷；我看你坐這桌我就跑過來了，她們兩個因為先坐下了，這裡也沒多餘位置，就不過來了。」

「原來如此，好吧，妳想要聽什麼？」

女孩頓了一下，才說：「案子先別說好了，我想知道那女孩的事，你的『豔遇』。雷先生提到你把她甩了，他是這樣說的嗎？但你說……」

他思考著該怎麼回答，「我可沒甩掉誰，也沒任何開始，我們只是朋友。」

「是這樣啊……但你喜歡她嗎？」

「我們只是剛好比較對頻，聊得來。」

「那為什麼不在一起呢？」

「並不是聊得來就一定要在一起，緣分也很重要。」他瞄瞄鄰座的人。雷毅與林先生談得正火熱，許芳文也與她兒女在談話，似乎沒注意到他的樣子。

「這樣啊……難道是對方已經結婚了？」嚴雅晴用探詢的眼神問。

「妳怎麼會對這種事這麼感興趣，」若平維持一貫的冷靜，「我覺得案子更有趣呢。」

「噢，沒有啦，只是想八卦一下……那你說說案子吧。」

突然，隔壁桌的謝領隊站起來，說他要先上去看看大家的行李是否運上來了，要眾人慢慢用餐，便離開餐廳了。

雷毅轉頭過來，「我剛剛是不是錯過什麼精采片段？」

「一點都不精采，吃你的飯吧。」

片刻後，團員們在大廳閒晃，「佳富」旅遊的團員剛剛就先離開餐廳了，現在應該在房裡休息吧。

望著門外的尼羅河，波光粼粼，十分引人遐思。船要等晚上才啟航。

謝領隊從樓梯走下來，手上捧著一堆鑰匙，招呼道：「大家都到齊了吧？我剛剛檢查過，行李都到了，都在你們房門口，沒有拿到的人記得跟我說一聲，現在來發房間鑰匙……來，林政達先生一家人的是402、403……」謝領隊依序唸出人名與號碼。

鑰匙用銅圈繫在一條長形圓木棒上，十分雅致，不過棒身本身已老舊不堪，處處有剝蝕痕跡。木棒上刻著號碼，若平是313號，在第二層。

謝領隊宣布了等會兒的集合時間後便讓眾人解散。

若平發現與他一道走的有張喬音、嚴雅晴、韓琇琪、陳國茂夫婦。其他人好像都住第三層。

經過若平的明查暗訪，他事後在筆記本繪製簡單的房間配置圖，如下：

「彩晶」旅行團房間分配圖（三樓）

402	404	406	408	410	412	414	416
林政達 許芳文	雷毅	邱憲銘					
走廊							
401	403	405	407	409	411	413	415
謝瀛志	林宇翔 林欣涵	程杰晉 江筱妮	凌霞楓				

「彩晶」旅行團房間分配圖（二樓）

302	304	306	308	310	312	314	316
					韓琇琪	陳國茂 陳莉繪	
走廊							
301	303	305	307	309	311	313	315
					張喬音 嚴雅晴	林若平	

到了房前，行李箱果然立在門口。他把鑰匙插進孔內，轉動，開了門，把行李拖進房內。裡頭的景象映入他眼簾。他首先注意到的是面向房門的那面牆上裝設了一扇大窗，外頭景色盡收眼底。此刻船尚未開動，因此外頭可看見的是碼頭旁的街道。

房間大小適中，超乎他想像的精緻舒適。

可以把房間分為三個區域：踏進房裡的第一部分，左手邊是帶有鏡子的衣櫥，中間是走道，衣櫥對面則是浴室；第二區是小型客廳，有舒適的沙發、矮桌，面對沙發的是一臺立在櫃子上的電視，電視對面的牆壁上有兩盞帶有白色燈罩的燈，兩燈間掛著一幅金字塔的畫；第三部分就是床，左右各一張單人床，兩床間的床頭櫃上有一具電話。兩張床的底部有從牆上延伸出來的木板，區隔第三區與第二區，看起來有點像半扇的屏風。

他決定先沖洗一下身體。

拿好了換洗衣物，若平打開浴室的門，進入。

浴室也十分雅致，進門後右手邊是馬桶與垃圾桶，左手邊是洗手台，上頭擺著各種盥洗用品；有一個面紙抽取口嵌在洗手台之中，使用十分方便；洗手台上方則裝設著長方形的大鏡子，鏡面閃閃發亮；正對著門的右前方是圓柱形的淋浴間，附有拉門，沖澡時可拉上，以免弄溼地板。

他進入淋浴間，打開蓮蓬頭，心想著洗完澡後，先到大廳逛逛吧。

三十分後，若平在一樓大廳閒晃，看來他是來早了，只看到邱憲銘愁眉深鎖坐在沙發上，張喬音則站在門邊望著外頭。

女孩看見若平走過來，露出微笑，輕輕點了頭，面容清麗的臉龐映現出兩個酒窩。她穿著粉紅色的T-shirt，運動長褲，頭髮紮成馬尾。

「妳的兩個好朋友呢？」

她用一貫穩重、清晰的語調回覆：「雅晴還在整理頭髮，叫我不必等她；琇琪說她等會兒就下來，」她抬起右手輕拂額前頭髮，中指上戴著一枚戒指，上頭有著十字形的浮雕狀。

「這麼說來妳跟嚴雅晴住一起囉？」他問。

「是的，不過我想琇琪只有在睡覺的時候才會回房吧，畢竟我們三個人總是形影不離呀。」

「妳遺失的筆找到了嗎？」

張喬音露出有點訝異的神色，「你怎麼知道我的筆不見了？」

「我在遊覽車上聽你說的，我就坐在妳隔壁。」

「啊，對。」

「妳們是天河大學的學生嗎？」

「嗯，我們三個都是同校話劇社的學生，不過都不同系。」

「話劇社……」

天河大學的話劇社可是全台有名。

這時候謝領隊突然出現，召集團員，若平沒機會繼續說下去。

領隊宣布：「陳國茂先生上吐下瀉，陳太太說要在房裡照顧他，因此不參加下午行程。」

「嚴不嚴重啊？」一旁的林政達先生一臉關心地問。

「我剛剛去探望過他，陳先生說先休息一個下午看看……來埃及的旅客常發生這種情況，都是上吐下瀉，我遇過好多次了，應無大礙，但必要時還是得找醫生。」

「真是倒霉啊，下午還要參觀難得一見的神殿呢，」程杰晉惋惜道，左手臂繞在妻子頸後，撫弄著她的耳環。

「不舒服還是不要勉強比較好。好了，我們走吧，」謝領隊揮揮手，帶領團員出船。

一行人出發了。

火傘高張，下午行程涵蓋中午那座未參觀完的神殿與另一座在附近的神殿。雖然參觀神殿十分有趣，但酷熱的天氣令人暈頭轉向，若平感覺自己瀕臨中暑邊緣，身體各部位正一絲一絲地蒸發。

參觀模式大概都跟之前一樣，謝領隊先做個簡單解說，然後是穆罕默德做正式解說，謝領隊再翻譯成中文。

人群雖多，但神殿更廣大，瞻仰著那些古老的奇蹟，若平覺得自己進入了時光隧道。

導遊解說結束後有自由活動時間，他都是自己一個人遊覽；偶爾跟雷毅沒頭沒尾地對談幾句，或跟其他團員打聲招呼。

這次倒是沒遇上「佳富」旅行團。

因為他們的行程有調整，所以沒有遇上吧。

炎熱的天氣下，結束行程後已經是下午五點半左右，回到船上也六點了。

穿越遊輪大廳，踏上階梯，每個人都猶如剛從烤箱中逃出。若平回到房間後，擦擦汗、洗洗臉，稍微歇息了一下，找不到事做，便決定出去走走，反正船上都沒好好逛過。

他從一樓大廳逛起，年輕的程杰晉夫妻正依偎在門邊望著外頭的河水，若平向他們打聲招呼；他也繞到地下餐廳去看了幾眼，有兩名船員在擦拭餐桌；接著他上樓，第二層有個交誼廳內排滿了舒適的沙發座椅，正中央還有個小小舞台，天花板垂掛著亮眼的水晶燈，舞台兩側聳立著白色柱子……這裡應該是團體活動的舉行處所吧！此刻交誼廳裡頭只有邱憲銘先生沉陷沙發中，似乎在沉思。若平決定不打擾他，便逕自步上三樓，再上到頂層甲板。

上頭人聲鼎沸，他這才發現右半部有個小型游泳池，不過因為太小了，容納不下幾個人，深度也不夠，沒有伸展的空間，只能在裡頭泡泡水。幾名金髮小孩窩在裡頭。

中央的吧台正供應著飲料與吐司，不少人在那裡排隊，有的衣著整齊，有的只穿泳裝。

也有許多人憑靠在欄杆上，望著不遠處的幾艘遊輪，拼命揮手。彼方遊輪頂層甲板上的遊客，也舉起手來回應。

若平四處望了望，沒看到什麼熟識的人在上頭。腳步一移正想下去時，眼角突然捕捉到一道熟悉的身影。

就在角落的桌旁，凌霞楓小姐冰霜般的身影握著咖啡杯。

她的對面是謝瀛志領隊。

第二次，至少是若平看到的第二次。

十分難得，笑容竟然從淩小姐的嘴角漾出，她十分怡然自得地與謝領隊談天，那溶冰後的笑靨更是另一番美景。

跟他無關，他該擔心的是斯芬克斯出奇不意的伏擊，而非別人的曖昧關係。

疑惑地再看了一眼，若平便輕步下樓去了。

※※※

斯芬克斯在房裡，身陷沙發中，手握著筆。

牠小心翼翼地書寫著，盡量不讓筆跡的特徵顯露出來。

船正在行駛，但感覺不到船身的晃動，行進得相當平穩。

目前為止進展得還算順利，牠的一切行動，都是成功的，每一步棋都如牠所想，沒出什麼大紕漏。

黑筆在桌上的那張白色卡片上舞動，牠寫道：

林若平：

當你發現這張卡片時，代表第一回合是我贏了。我在第一階段的遊戲中透露了訊息給你，可惜你解讀得太慢，或者根本沒解出來，否則你應該可以制止這張卡的出現。

第二回的謎題更難了，你要解開的是人面獅身像消失之謎……如果連第一題都讓你感到吃力，那我想你可以直接放棄。

第三回將是我們的終點……你絕不能失敗，因為斯芬克斯會吃掉解謎失敗的人！

祝好運。

斯芬克斯

牠又審視了一遍卡片，確定內容沒有問題。

卡片的背面畫的正是人面獅身像的圖案，與先前送出的兩張是同一系列。

以某個人的性命來作為賭注……

牠轉頭看著沙發上的物體。那是一具人面獅身像的傀儡，頭部是法老的臉孔，可以拆卸下來當作全罩面具使用。

牠凝視著那副面具，嘴角微微揚起。

※※※

晚餐八點供應，若平下到一樓大廳。謝領隊在那裡招呼大家下樓用餐。

船上的餐點相當豐盛，餐盤內的食物看起來雖沒多少，但吃下去可是很飽。

這次剛好與謝領隊同桌，另外還有凌小姐、程氏夫婦、邱憲銘與雷毅等人。領隊閒談著帶埃及旅行團的種種，看得出來他經驗老到。

吃完一頓豐盛的晚餐後，他踩著閒散的步伐回房。從窗戶望出去，夜幕已籠罩大地許久了。引擎聲作響，船動了起來。終於啟航了。

「喂，大偵探！」是雷毅的聲音。

若平在二樓的長廊入口停住，回頭，「什麼事？推理作家。」

「等會兒在交誼廳有晚會，你要不要去看看？」

「晚會？你怎麼知道？」

「謝領隊跟我說的，聽說去的人都要一身埃及人打扮，我剛剛已經在一樓的服飾店租了一套衣服，等一下穿去……怎樣，你要不要去？」

「晚會是什麼內容？」

「唱歌跳舞吧！我也不知道，反正閒著也是閒著，去看看也不會有什麼損失。」

「好吧，就跟你去看看吧。幾點開始？」

「十點整，到時交誼廳見。」

雷毅笑嘻嘻地走了。

化裝舞會？剛剛領隊怎麼沒宣布？

他往房間方向走去。

進房後，他坐在床沿。

離十點還有一個多小時，現在呢？

他決定好好研究事件的筆記，藉此消磨時間。

時光在思考中流逝。

九點五十五分時，他離開房間，往交誼廳進發。

走廊上，幾名外國年輕男女已穿上埃及傳統服裝，興沖沖地比手畫腳，講著他聽不太懂的歐洲語言。看來真的有化裝舞會這回事。隨便穿應該沒關係吧？

轉個彎到達交誼廳，門口有人在抽菸，而裡頭已有不少人在，人聲鼎沸；廳內唯一的照明是小舞台上的水晶吊燈，光線十分昏暗，各國遊客雲集，一時找不到雷毅的影子。

「喂，若平，在這裡！」雷毅站在舞台旁的沙發向他招手。

他走了過去。

凌霞楓小姐也在，除此之外就沒人了。

「奇怪，大家都不知道有晚會嗎？」若平問。

「不是領隊忘了說，就是大家累得不想出來，」雷毅說道。

若平這才注意到他的穿著，又是大頭巾又是寬鬆長袍的，白色頭巾像一塊棉布頭盔般包覆住他整個頭部，覆蓋住後腦再垂下肩膀，好像戴反的防彈面罩；長袍十分寬鬆，顯然尺寸不合，鬆弛的袖袍與下襬空空洞洞的，肩膀處還有像布袋戲人偶似的「護肩」突出，更增加了整個人的寬度。若平覺得雷毅全身好像脹大了兩倍。

他強忍住笑意，說：「這真的是埃及服裝嗎？怎麼看都不對勁。」

「我哪知道！反正就下面的店租的，大家還不是這樣打扮。」

環視全場，超過一半的人都有打扮，但都比雷毅正常多了。凌小姐倒是沒有打扮。

正當若平掃視全場時，「佳富」旅遊的人馬攫住他的目光。

似乎是全員到齊，有三十多人。每個人都有化裝。

嬌小的沈珞文正跟她的紅髮女性友人聊天，兩人都一身異國服裝。

雷毅笑道，「他們那一夥人不到十點就已經都進場了，向心力很夠呢。」

「是嗎？」他移開視線。

等了一陣，晚會還沒有開始的跡象。

門口一道熟悉的影子步入，引起他的注意。

「這裡是有什麼活動啊？」那人眼尖，一下子就看見若平，朝他走來。是韓琇琪。

「只是飯後的散步罷了，這裡好像滿有趣的，我就留下來看看吧，」韓琇琪望了望四周。

「聽說是晚會，妳怎麼會跑來這裡？」

幾分鐘後有人步上舞台。

「啊，開始了！」雷毅叫道。

身材肥胖的船長站到舞台上，拿著麥克風用英文講了些話，接著開始介紹來自世界各國的旅行團，並請每一國派出一名代表用自己國家的語言說說話。台灣團代表發言的是「佳富」旅遊的導遊，雖然是埃及人，卻會說中文，聽說在北京留學過，說得相當標準流利。

通通介紹完畢後，舞台旁待命的幾名船員立刻躍到台上，準備拉人上去跳舞。

穿著白制服的船員看見凌小姐坐在舞台前面，便一個箭步向前，執起她的手，邀她上台。她遲疑了一下，便踏上舞台。

舞台兩端各有一根圓柱頂住天花板，十分華麗，中央的水晶燈是大廳內唯一的照明，若平他們就坐在舞台旁，也感受到了律動的氣氛。

配合舞蹈的音樂響起。

謝領隊與穆罕默德在此時來到，站到若平旁邊，打了聲招呼。

「你也來了啊？」謝領隊微笑說，「忘記宣布有化裝舞會，大家大概都回房休息了。」

「雷先生告訴我我才知道的……」若平看向舞台，「凌小姐跳得很不錯。」

謝領隊一聞言，目光立刻轉向舞台，注意力瞬間都被吸過去。

船員與凌小姐舞了幾步後，發現凌小姐是跳舞能手，於是低聲與她講了幾句話，並指了指兩旁的柱子。凌小姐遲疑了半晌，然後拿下斜揹的皮包交給船員。埃及人很小心地把皮包掛在圓柱上突出的浮雕上。兩人再度翩翩起舞，令人迷亂的舞步從女方的身姿中不斷溢出，兩人身影交錯，分分離離，揉合進水晶燈昏暗艷麗的光線中，繪出一幅結合魅影與神祕的圖像。

台下的人掌聲紛紛響起。

若平偷眼瞄了謝領隊。他的表情還是一樣專注，看不出其他情緒。

突然有人拍了拍若平的肩膀。

「嘿！」

他轉頭一看，沈珞文睜著大大的雙眼對著他笑。

「你不上去跳嗎？」她說。

女孩披了一件深紅色的埃及傳統服裝，頭部倒是沒有其他裝飾或配件，梳理整齊的黑色短髮顯露出旁分線。她仍舊揹著小熊包包。

「我？我不會跳。」

「我是會跳啦，可是在這麼多人面前，會不好意思呢。」

「要不要上去跳跳看？」

她擺擺手，「別開玩笑了，真的不想。」

「妳要不要喝飲料，我幫妳拿。」

吧台有自取的飲料，有酒也有果汁。

「好啊，果汁就好。」

若平拿了兩杯葡萄汁，與她繼續觀舞。

「沒想到她那麼會跳舞，」謝領隊突然在若平身邊呢喃。

「一看就知道有練過，看那熟練的姿態！」雷毅驚嘆道。

就在眾人沉迷於舞台上的曼妙舞姿時，突然，一陣驚叫聲劃破音樂，接著紛擾聲此起彼落。受到驚嚇的沈珞文差點將手中的飲料翻倒在他身上。

若平趕忙朝叫聲來源看去。

在右側窗邊，一團火光在黑暗中肆虐。

那是窗簾……？

突然左手邊也有人叫了起來，左排窗戶中間一扇窗的窗簾也燃燒了起來，竄起一團火光，在黑暗中格外鮮明。

兩團怪異的鬼火在大廳兩側燃燒，看起來就像漂浮在黑暗中、吐火的骷髏頭；鮮明的火燄竄升，彷彿在向上天祈求神蹟。

全場持續騷動。

船員用阿拉伯語吶喊，似乎是急著要去取滅火器，可是就在他們有所動作的一瞬間，更令人悚慄的事情發生了。

中央舞台上的水晶燈突然啪地一聲，熄滅了。

一片黑暗陡然落下，只有左右兩側燃燒的火焰發亮。

許多女人一起尖叫起來。

很多人往門口處湧去，因為門沒關，有光線滲入，所以即使在黑暗中也能辨認出出口在何處。但出人意料地，就在有人開始在門口推擠時，水晶燈啪地一聲，又亮了起來。

這時兩名船員拿著滅火器衝了進來，開始搶救火勢。

船員額頭冒汗，操作著滅火器，顯然他們從沒遇過這種情況。在滅火器的威力下，不一時火就滅了。

若平鬆了一口氣，看看四周，人少了一大半；有個金髮小孩在門口被推擠跌倒，正嚎啕大哭；門邊供應飲料的吧台前，也有一位侍應生翻倒了餐盤，飲料灑落一地。恐懼、疑問、害怕以各國語言從人們的嘴中洩出，有些人急忙往外跑，有些人遲疑地留在現場，似乎不明白究竟是留著安全還是離開安全。場面十分混亂。若平身旁的穆罕默德和雷毅一臉驚魂甫定，搞不清楚狀況似地望著四周。

謝領隊和凌小姐兩人站在舞台旁，緊緊靠在一起。兩手也緊緊握著。臉上都刻著驚駭的表情。好像是察覺到若平的注視，謝領隊放開女郎的手，用顫抖的聲音說：「剛才究竟是怎麼回事？」

「我也不知道，是停電嗎？」

他不期望有人會回答這個問題。

這時麥克風的聲音響起，光頭、魁梧的船長踏上舞台，急急忙忙地用英文道歉，撫慰……要大家不要害怕，水晶燈大概是有故障才會忽明忽滅，至於窗簾……他倒是沒提到。

對聽不懂英文的旅客來說，船長那力求鎮定的慌張姿態，反而更助長了現場的不安；他那反覆揮動的「不要慌張、不要慌張」的手勢，好像在說「趕快出去、趕快出去，這裡很危險」。有幾個人在船長上台後又衝了出去。

火滅後沒什麼事再發生，水晶燈也維持開啟狀態。喧鬧聲漸漸平緩。

除了幾名乘客因推擠受傷外，沒什麼嚴重事態。受傷的乘客由船員送到樓下擦藥。旅客不歡而散；船長與船員親自在大門處不斷地安撫、道歉。

「我們也該走了吧，」沈珞文對若平說道。她已經卸下埃及裝扮。

「好的，」他虛應一聲。奇怪，好像少了一個人。韓琇琪在剛剛的騷動就跑回去了嗎？

這時與謝領隊走到門口的凌小姐，突然想到什麼似的，說：「我的皮包忘了拿，」便匆匆跑向舞台。

若平停下腳步，看著女人。

凌小姐在圓柱邊徘徊了一會兒，神情轉為焦急。

謝領隊向前，問：「怎麼了？」

「不見了，剛剛掛在這裡的皮包不見了。」

圓柱的浮雕上空空如也，沒掛東西。

「難道是剛剛的混亂中……」謝領隊用不可置信的語調說。

雷毅開口道：「一定是這樣，有人看準燈光熄滅的時候摸走凌小姐的皮包……搞不好就是邀凌小姐跳舞的那名埃及人……」

「不一定，」若平說：「全場的人都能看見皮包所在處，誰都有可能。」

被害者嘴唇緊抿，不發一語。

「對不起，可以請問一下凌小姐，妳皮包中有放什麼貴重物品嗎？」若平問。

「沒……沒有。只有一些美金，那算嗎？」

「或許算。不過……是不是可以請謝領隊或穆罕默德導遊去告訴船長這件事，請他們幫我們找一下附近區域，因為裡頭若是沒放什麼貴重物品，竊賊或許會將其隨地棄置也說不定。」

「有道理，」謝領隊轉頭用英文對導遊解釋。

埃及人露出惋惜的表情，點點頭。

兩旁的窗簾旁各有一名在收拾善後的船員，他們瞪著燒焦的窗簾，皺眉。船長為關心傷患的傷勢，剛剛就下樓去了。

「那我與穆罕默德到樓下去船員室找船長，你們……」

雷毅點頭，「我們待在這兒，看能不能幫上忙，」他看了一眼若平。

若平也點點頭，「我們先找找交誼廳好了，搞不好掉在哪張椅子下呢。」

兩人離開了。

凌小姐說：「抱歉，我不應該麻煩你們的……」

「哪裡的事，有困難大家互相幫忙嘛！」雷毅已經開始翻查沙發椅底下，動作既粗暴又快速，好像要把整個交誼廳拆掉似的。

若平與沈珞文也開始幫忙尋找。

凌小姐的皮包是黑色的，有著細長的揹帶，雅致的造型，整體而言相當符合她本人的風格。

東翻西找，椅子下、地毯上，甚至是吧台本身都沒看到皮包的影子。

經過幾分鐘徒勞無益的搜尋後，謝領隊、穆罕默德與船長趕來了。

領隊說：「船長已派了三名船員從一樓死角展開搜查；根據服務臺人員的說法，他並沒有看見有人下樓到餐廳，所以那裡應該可以略去。」

船長立刻喝令在場的兩名船員加入搜尋。

能找的地方都找遍了，還是沒發現。只差沒把整個地板掀開來。

「有可能不在這裡……」凌小姐喃喃說，顯得很喪氣。

就在此時，一名船員欣喜地衝進來，手上抓著一個黑色皮包。

他用阿拉伯文與船長交談了幾句，便把皮包遞給船長；船長把皮包遞給凌小姐。

「是這個沒錯！」女郎趕緊接過皮包，緊繃的神色瞬間消失。

皮包是在交誼廳外的公共廁所裡找到的，被丟在地板上。

凌小姐立刻清查裡頭的內容物，船長神情緊張地在一旁等著。若有什麼閃失，身為船長他可是難辭其咎。

她抬起頭來，沒有特別對著誰說：「我的房間鑰匙不見了。」

「房間鑰匙？」謝領隊驚呼，表情顯得呆滯，好像突然不知道房間鑰匙這四個字代表的意義為何。

「這可有趣了，」雷毅冷笑，他身上不搭調的裝扮令人發噱。在這個沉重的時刻不應該有笑容的，但推理作家那一身怪模怪樣令若平忍俊不禁。

謝領隊用英文告知船長鑰匙失蹤，船長表情凝重地點頭，然後要大家立刻移師到凌小姐的房間，他準備用備用鑰匙開門。

三分鐘後，同樣的一批人馬聚集在４０７號房前，船長拿著備用鑰匙，手顫抖著，插進門上鑰匙孔，轉動，開門。

他推門的手遲疑了一下，皺眉。門後好像有東西卡在下面。

他再用點力將門推到半開。裡頭是暗的。

肥胖的船長費力地蹲下，手探進門後在地板摸索，又站起身。

他伸出右手，遞出一把鑰匙給淩小姐，上頭刻著４０７。女郎點點頭。

「原來被扔在門後，」雷毅嘀咕，「淩小姐，你要不要先進去看看有沒有東西遭竊？」

她頷首。船長會意地站到走廊上，以便讓淩小姐進入。

「請等一下，」若平說道，「妳的房間鑰匙可不可以先借我看一下？」

女人用銳利的眼神默默凝視著若平，不發一語地把鑰匙遞給他。

就在她闔上門的那一剎那，若平瞥見門後——就在淩小姐的身後，浴室的門前方——有個東西從天花板垂下，因為裡頭是暗的，看不清楚，但藉著走廊光線滲入與門被闔上的那一瞬間所見到的影像，若平捕捉到那物體的輪廓。

看起來就像是一個小孩兩手勾在天花板，像猿猴般地垂吊在那裡。

那名小孩竟然沒有頭。

6

偵探業復活

門在他眼前被關上。他默默拿起手上的鑰匙。

「你想幹嘛？找尋竊賊的線索？」雷毅問道。

「搞不好有留下什麼痕跡，」他仔細檢視鑰匙，但翻弄過一遍後，一無所獲。那把鑰匙與其他鑰匙並無兩樣，木棒上的原木味依舊，鑰匙散發著淡淡的銅臭味，棒身與鑰匙本身也沒什麼奇怪痕跡。

他放下鑰匙。

「有什麼發現嗎？」沈路文輕聲問道。

若平搖搖頭。同一時間，房門開了。

凌小姐探出頭來，面無表情，用單調的語氣說：「沒有東西遺失……我想這只是惡作劇吧，很抱歉麻煩你們各位，不過現在沒事了。」

她用英語向船長解釋，船長好心地一再確認。女郎搖搖頭、擺擺手，堅持什麼事都沒有。船長再三確定後，才放心地離開，離開前還不斷囑咐若在房內有發現什麼不對勁之處，一定要立刻通知他。

若平把鑰匙還給凌小姐。

謝領隊似乎還有什麼話想對女人說。若平對雷毅使個眼色，示意該離開了。

「林若平先生，請等一等，」女郎喚道。

「是？」才剛踏出幾步的若平轉身。

「請問你住幾號房？」

「313，在樓下。」

「噢，沒事了，謝謝你的幫忙，」她做個再見的手勢。

「不，我沒做什麼，今晚的事我很遺憾，」他禮貌性地回應。

「沒什麼事，晚安，」她對若平點頭後，眼神便轉回謝領隊身上。業餘偵探看了沈珞文一眼，兩人便轉身離開。

「不打擾你們，我先回房休息啦，」雷毅住404。

若平與沈珞文漫步到環繞一樓大廳上方的二樓環道，那裡有沙發休息區及一些埃及古物擺飾品。休息區目前空無一人。

女孩開口：「沒想到真的發生詭異的事情了，你不是個偵探嗎？想不想找出背後的真相？」她說最後一句話時表情帶著期待與興奮，和一些他無法解讀的情緒。

「我會有所行動的。」

「真的嗎？我也可以幫忙嗎？一定很有趣！」

「妳可以提供我想法，偵探工作不是那麼輕鬆的。」有時候還很危險，但他不忍心打破她的憧憬。

「你一定很喜歡推理吧，難怪當時在飛機上你會那麼長篇大論地推理，還有剛才查看鑰匙的神情，在在說明了你是個推理狂。」

「我是喜歡推理，但不是每次都一摸就準。」

他們憑靠在可以俯瞰一樓大廳的欄杆旁。大廳沙發上坐著一名抽菸的外國人，他正盯著服務台上的四個時鐘。

「好吧，那對於今晚的事件你有何看法？」女孩轉頭望著他的側臉。

「似乎是有人趁著電燈熄滅時偷走凌小姐的皮包，然後躲在廁所裡頭檢視是否有貴重物品，後來拿走她的房間鑰匙，皮包棄置廁所，接著跑到凌小姐房內搜括，再把鑰匙丟在房內，關上門逃掉。」

「可是凌小姐卻說沒東西失竊？好像連皮包裡的錢都沒被偷。」

「我也不清楚，也有可能是她為了某種理由隱瞞遭竊的事實，」他突然想到那個沒有頭的小孩，那真的是一個生命體嗎？

「如果是那樣就太奇怪了，」女孩歪著頭，「不過最奇怪的還是那兩片起火的窗簾，為什麼會突然燃燒起來呢？」

「我承認我現在一點頭緒也沒有，」他疲倦地回答，「也許是某個調皮鬼溜到窗簾邊點火……」

「但兩邊的窗簾同時燃燒？這麼說來有兩個調皮鬼囉！」

「這個嘛……」他沉思起來。

這時樓梯口一道人影出現，是凌小姐。

她本來要轉入通往二樓房間的長廊，但一看到若平靠立在欄杆旁，便立刻向他走來。

「對不起，可以打擾你一下嗎？」她望著若平，然後眼神移到一旁的沈珞文。

若平正要答話時，女孩先開口了：「人家有事找你，你去忙好了，」她笑了一下，「明天再聊。」

她轉身離開。綠色小熊在她身後隨著她走路的節奏左右晃動，天真的眼神好像在對若平說再見。

女孩的背影漸行漸遠。看來她的房間是在二樓的另一側。

若平轉向凌小姐，「請問有什麼事？」

女郎用一貫冰冷的語氣答道：「很抱歉打擾你，不過我有一件相當重要的事要跟你商談，」她頓了一下，「到我房裡說好嗎？」

「房裡？」

她嘴角漾出微笑，「不會有人看見的，請跟我來吧。」

她轉身就走，若平連拒絕的機會也沒有，只好跟著她。

上樓後，拐入長廊，停在407房前。

確定走廊上都沒人後，凌小姐用鑰匙開了門，進入。

若平跟進去。

船上房間的門都是關上就自動上鎖，門內側另有門閂。

站在浴室與衣櫥間的小通道——也就是一進門的地方——他看見從天花板垂下，是那個令他疑惑的東西，面對著房門。

仔細一看，原來不過是條浴巾罷了。

那種旅館內，放在浴室架上的白色大浴巾，用水濕潤過後，經過簡單的摺紙技術，將兩端向上捲起，四個角捲成人的四肢，雙手夾在天花板的冷氣通風口處。說好聽一點是像垂吊樹上的猴子，說難聽一點就像串架上四肢散掉的烤雞。

奇怪的是沒有頭部。

若平繞過浴巾怪物，踏進小客廳，問：「這條毛巾到底是什麼東西？」

「噢，那個，那是船員進來換床單、清廁所時，順便做的娃娃，頭部在桌上。」坐在床緣的女郎輕描淡寫地說道。

右手邊的矮桌上，一捲廁所用的捲筒衛生紙立著，上面用黑色簽字筆畫著笑臉。

他終於明白了，這個頭部原本是夾在娃娃的兩臂之間的，因為兩手是向上伸展抓住天花板，頭部恰巧可以接在軀幹上、夾在兩臂之間的空間。這顆頭大概是沒夾好才掉下來的吧。

視線移向房內。

出乎他意料之外地，房裡相當凌亂，幾乎每個櫃子的抽屜都被拉出，地上的旅行皮箱也是開著的，裡頭的東西一片混亂；床頭櫃上一個盒子被打開，右手邊床上散置一堆雜物，左手邊的床上倒是十分整潔。

整個房間在凌亂中，似乎帶有一種奇異的秩序。

407號房平面圖

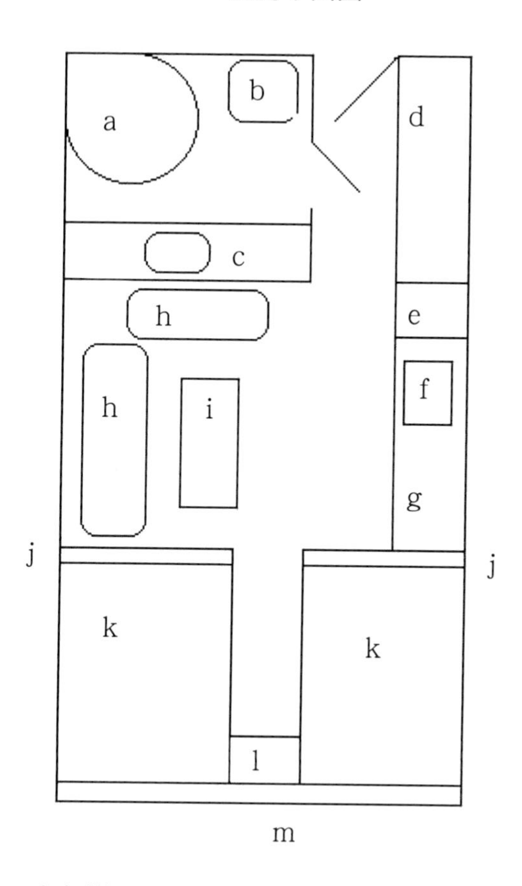

（a）淋浴間　（b）馬桶　（c）盥洗台
（d）衣櫥　（e）矮櫃　（f）電視機
（g）櫃子　（h）沙發　（i）矮桌
（j）花式隔板　（k）床　（l）床頭櫃
（m）窗櫺

凌小姐轉頭望著若平，「你一定非常驚訝，為什麼我的房間這麼亂吧？」

「這該不會是……那名光顧妳房間的神祕客的傑作？」

她露出一絲淺笑，「反應很快，看來我沒找錯人。」

「是不是少了什麼東西？」這句話應該是多餘的。

女郎沒有馬上回答，她看著地板，停頓半晌才說：「相當奇怪，皮包內的錢並沒有失竊，甚至連我放在旅行箱裡的大量現金也都還在……現場明顯被大規模搜過，但不見的只有……」

「只有……？」

她轉過頭望著若平，虛弱地微笑。

「昨天在虎加達買的人面獅身像。」

※※※

他不知道該用什麼態度看待這件事。基本上，如果凌小姐說出她遭竊的物品是護照或美金或埃磅，甚至是造成她身上獨特香氣的那瓶香水，他可能還不至於如此驚訝。但失竊的卻是一座埃及隨處可見的小人面獅身像，就像他先前猜測的一樣……雖然她買的那座質地不錯，但有貴重到會讓竊賊覬覦嗎？有錢不偷，卻偷了一樣埃及最普遍的東西。難不成幹下這樁竊案的是某名走火入魔的藝品收藏家？斯芬克斯到底在想什麼？

「妳確定沒有其他東西不見？」

「沒有……你不相信我嗎？」她的視線相當冰冷。

「我絕對相信妳的話，但剛才妳為何不告訴船長？請他協助？」

「告訴他又能怎樣，他也只能報警。這樣會引起騷動，打草驚蛇，我懶得跟異國警方打交道，一堆手續又語言不通，太麻煩了。」她將垂向額前的髮絲往後撥，「既然船上就有本國的名偵探，我何不直接雇用？」

「失竊一個斯芬克斯像，妳十分在意嗎？」

她的眼神突然從冰冷轉為柔和，「那是給我小姪子的禮物，他喜歡人面獅身像，我承諾要買給他的，我好不容易才挑到一個上等貨，老闆告訴我是最後一個，恐怕很難再找到了……他是小兒麻痺患者，對埃及充滿憧憬，可惜不能親身前來。我三年沒出國，這次身負任務，一出國就遇到這種事，真是讓人很火。」

一陣沉默。

「我懂了。」若平說。

「所以，偵探，」她堅定地說，「不計費用，我要委託你找出這名目中無人又沒品德的盜賊，尋回我的斯芬克斯像。怎樣，接受嗎？」

「我接受，會盡力，不過妳要有失望的心理準備。」

「我相信你的能力，」她抓起一旁才剛失而復得的皮包，問：「要先付錢嗎？開辦費還是什麼的，我不懂你們這一行的規矩。」

「不必，我不是職業偵探，就當是幫助朋友吧。」

「哦？」女郎眨眨眼，放下皮包，「那事成後再給你，不要拒絕。」
「錢的事再說吧，我先看看現場。」
「請便。」
若平看了看凌亂的現場。他走向電視機。
凌小姐說：「你不需要放大鏡嗎？還是顯指紋的藥粉之類的？」
「哦？」正彎身檢查電視機下方抽屜的若平抬頭。
「艾勒里・昆恩不是隨身都帶著工具盒，你沒有嗎？」凌小姐嘴角泛出笑意。
「妳知道艾勒里・昆恩？」抽屜裡沒東西。
「只讀過幾本，我讀過的推理小說可能不如你那麼多，偶爾看看罷了，」她用輕鬆的語氣說。
電視機底下的三個抽屜與櫃子都被打開，但看起來沒什麼異樣。他站起身。「其實我讀過的也不算多，不過，本土推理小說最近倒是讀得不少。」
「哦？雷先生的小說嗎？我實在不敢多加恭維。」她突然笑了起來。
那是非常自然的笑。
這是他在她的房內第一次聽見她笑。沒有想到在女郎冰冷如霜的外表下，是如此地平易近人。許多人卸下面具後的真面目，其匪夷所思的程度，可以開啟一個人的哲思。
「雷先生是位特異的小說家，」若平道：「不過他有些關於公共設施的作品，也是令我不敢多加恭維。」

女郎又笑了一陣，她按按胸脯，喘口氣，才說：「你是指《公共廁所馬桶蓋失竊事件》嗎？那本書的遣詞用字真是讓我笑到不行。」

「整體而言實在很難給出一個客觀的評價，不過要寫成那樣也實在很不容易。」

「嗯，」她調整呼息一番，露出一個淺笑，「你需要什麼相關線索，我可以提供給你。」

「讓我想想，」若平整理一下思路，「從最根本的問題開始，你還記得那天買斯芬克斯時有誰在場嗎？」

「……就我模糊的印象，我買完東西立刻出店門，那時林政達先生一家人剛好回來，所以說其他團員應該都在店裡。也就是說，不知道這件事的應該只有林先生一家四口。」

「我記得那時導遊穆罕默德也在外頭。」

「哦？他在嗎？我不記得。」

「他在沒錯……」他托著腮，繼續思考。「從現場只有斯芬克斯遭竊的情況看來，竊賊一開始的目標應該就是它。犯人的目標不是錢，因為皮包跟行李箱內的錢都沒失竊。這是有預謀的行動。看來本旅行團的團員涉嫌重大。我想問個問題，你買了那斯芬克斯後，就一直放在行李中，沒拿出來過？我的意思是，沒拿出來讓別人看過？」

「呃……」凌小姐遲疑了一下，「謝領隊看過，我拿出來給他看的，不過當時四周都沒人。」她似乎發現加上那最後一句話的不必要性。

「什麼時候？」

「在虎加達的那晚，就是昨天。」

領隊的部分若平沒多問，很自然地繼續：「還有一個問題，今晚妳離開房間後，鑰匙是放在皮包內沒錯吧？」

「沒錯。」

「妳離開房間後一直到妳上到舞台，把皮包掛在圓柱上這段時間中，皮包有沒有離身？不，應該這樣問，有沒有可能有人有機會能夠在這段時間裡、在不被妳發覺的情況下，偷走皮包內的鑰匙？這個問題十分重要，請妳想清楚後再回答。」

她很認真地思考了一會兒，然後堅決地搖頭，「絕對不可能，我離開房間前有確認鑰匙的確在皮包內，而離開房間到上台這之間皮包沒有離身，而且我的雙手自始至終都護著皮包，不可能有機會被偷；況且，上台前一分鐘，我打開皮包補妝時，鑰匙還在裡頭。」

若平點點頭，「那我現在來重建一下整件事：本旅行團的某位成員在昨晚目擊到妳購買那座斯芬克斯像，起了偷竊的念頭——姑且不論動機為何——於是他開始尋找機會下手。後來發現妳出席參加化裝舞會，房間唱空城計，便決定利用這個機會。有關窗簾著火和水晶燈熄滅的事件應該都是他佈的詭局，我不確定他打算用什麼方法下手，但大概可以知道燃燒的窗簾是為了吸引在場觀眾的注意力，水晶燈熄滅後的黑暗是偷竊的時機……」

「那他是如何讓窗簾燃燒，又讓水晶燈熄滅的？」

「這得實地勘察才知道，我等一下會去看看……很明顯地，這個人必定是整場晚會中從頭到尾都沒出現的人，或是剛開始有出現，但後來失蹤的人；但我排除後者，如果是那樣，那後來消失的行動豈不是宣告自己是竊賊？」

「你把犯罪者想得太聰明了。他也許沒考慮那麼多。」

「不，遭火纏身的窗簾與忽明忽滅的水晶燈證明這個人是有頭腦的，他絕不會做出如此愚蠢的行動，就像沒有兇手會蠢到在凶器上留下指紋一樣。我想竊賊應該是在走進交誼廳時發現了妳，腦中才掠過計畫；從頭到尾都藉著陰暗的光線躲在人群中，偷了東西後再藉著混亂與黑暗遁逃。」

「真狡猾。」

「對了，」若平問道：「妳進交誼廳時是幾點？」

她歪著頭想了一會兒。「大概差十分十點，我不是十分確定，但肯定早到。」

「那就對了，晚會十點十分開始，窗簾開始燃燒時約十點二十，如果他在妳進去後發現了妳，那他有三十分鐘佈局，對聰明人來說也許夠了。」

說到這裡時，若平腦中突然閃過一道影像。好像有一個人是晚會開始時有出現，但後來消失蹤影的，那是……

「你剛剛提到……」女郎開口：「竊賊是進入交誼廳後發現我在場才萌生詭計。」

「其實還有另一種可能，他早已在裡頭，看見妳進來，當機立斷決定行事，於是立刻躲到人群中。」

「可是……」

「第三種可能是，他早已知道妳會去參加化裝舞會，所以能事先計畫。這種可能性也很大，」若平看著她，「妳有沒有事先告訴誰你會去參加晚會？」

女郎躊躇半晌，略帶猶豫，「沒有。」
「沒有？」
「嗯，」她很快接口，「那這麼看來，能依你的推理過濾出可能的嫌犯人選嗎？」
「這得等我查過所有團員的不在場證明後才能有定論。這可是件浩大的工程，必須做得不露痕跡，否則會讓真正的竊賊起疑心。」他停頓了一下，又問：「我又想到一個相當重要的問題，在妳今晚離開房間前，你確定斯芬克斯像一直都在妳房裡嗎？有沒有可能誰在妳參加晚會前，進來與妳談話，然後趁著妳不注意時偷了東西？」
「如果真有人這麼做的話，未免也太明顯了，萬一他一離開我馬上發現東西不見，那不擺明了他是竊賊？」她搖搖頭，「不，我可以肯定在我踏出房門那一刻，它還好端端在我房裡，百分之百肯定。」
若平點點頭。他環顧四週，「現場也許還有什麼線索，我再查看一下吧。」
「隨便看，不用有顧忌。要看浴室也可以。」
他粗略觀察房內被搜過的地方——從進房門開始，左邊衣櫥門被打開，然後他打開浴室的燈，拉開向外開的門，往裡頭看了看。
「看起來浴室並沒有遭到入侵，」女郎站在他身後，說道。
若平點頭，「不介意的話我進去看看。」
「我說過請便了。」
偵探踏入浴室內。

遊輪上浴室的設計都相同，格局與他房間的浴室一樣。進入後，左邊緊貼牆邊的是暗灰色大理石洗手台與鑲在牆上的大面鏡子；右手邊是坐式馬桶，右前方則是呈圓柱體狀的淋浴間，裡頭架子擺著幾瓶淋浴品，淋浴間的門半開。

左邊洗手台放置著盥洗用具，有船上已準備好的，也有凌小姐自行攜帶的；沐浴乳、洗髮精、香皂，一個漱口杯中插放著牙膏與牙刷，還有幾小瓶化妝品。

以面對洗手台的方向來說，在水槽的正右下方，嵌在洗手台裡頭的是面紙抽取口，開口朝著鏡子對面的牆壁；抽取口的左上方，在水槽左方的檯面上，平躺著一張有點皺折的面紙，面紙的右半部有不規則的撕痕。

他的視線移往面紙抽取口附近。洗手台的上緣面邊緣呈橢圓的突出，上頭粘著一小團白色的物體。高度大約在他褲子的拉鍊口頂端。

他低下身子看。這片白色黏稠物一塌糊塗，似乎被壓過，隱約呈現一個微微凹陷、骨幹細長的X形。

若平小心地用手指從外圍沾了點白色黏稠物，湊近鼻頭聞聞；接著他站起身，掃視洗手台。

「請問一下，你今晚用完晚餐後有刷牙嗎？」他轉頭面向站在門口的凌小姐。

「我吃完飯必定馬上刷牙，今天當然也不例外，」凌小姐兩手交抱胸前，淡淡地答道。

「你有沒有注意到你的牙膏掉落，黏在洗手台上了？就在這裡，面紙抽取口的旁邊。」

白色物體的旁邊正是面紙抽取口，半張面紙露出，等著被取用。

「牙膏掉落？」凌小姐抬了抬眉毛，不以為意，「這種事常發生，不過我倒是沒注意到。」

「是妳的牙膏沒錯，」偵探拿起洗手台上的牙膏檢視，「底部破洞，妳擠牙膏時另有一小團牙膏從底部漏出掉落，因為洗手台邊緣是橢圓狀的設計，略微傾斜，有斜面作用，牙膏才沒有直接掉到地板上。」

「所以呢？」

「很遺憾，目前還沒有所以，」若平轉身面向馬桶，注意力轉到一旁的小垃圾桶。粉紅色垃圾桶裡頭墊著垃圾袋。

「介意我看垃圾桶嗎？」

「看吧。」

若平蹲下，手伸入桶內，摸出一小團白色面紙。他試著攤開面紙團，但似乎被什麼東西黏住了。

若平沒有放棄，他費了一翻氣力才勉強把面紙團攤開，然後帶著它走向洗手台，拿起放在上頭的微皺的面紙比對。

這一張面紙的右半部約四分之一的比例似乎被撕扯掉了，垃圾桶內的面紙團大小正好符合失去的片段。

「這張面紙是妳丟的嗎？」若平問。

「你是指哪一張？洗手台上的還是垃圾桶裡的？晚餐後侍者來換過垃圾袋，我也不記得有在浴室丟衛生紙，洗手台上那張我沒印象，不過我可以肯定我沒丟到垃圾桶裡。」

「這兩張是同一張，我想是瘋狂藝品收藏家用過的。」

「你是指竊賊嗎？」

「沒什麼，不介意我拿走這兩張紙吧。」

「當然不介意，我也沒必要留著。」

若平小心地把兩張紙收好，對女郎說：「浴室勘查到此結束。」

關上浴室的門、熄掉燈。兩人回到小客廳。

「現在開始視察客廳，」若平宣布。

如他之前看到的，電視機下的三個抽屜被拉開，旁邊的小櫃門也半開。

「這傢伙若不是有些行竊經驗，就是讀過偵探書籍，」若平指了指抽屜，「他是由下往上翻查抽屜，而不是由上往下。」

電視機對面的沙發組和桌上的物品沒什麼異樣。他走到兩座床之間、床頭櫃之前。一只黑色的旅行皮箱躺在他腳邊。皮箱是打開的，拉開拉鍊後的另一半斜靠在床頭櫃兩個被拉開的小抽屜上。

「妳的皮箱也被搜過……」

這種長形的旅行皮箱通常是把拉鍊拉開後，可以像蓋子一樣打開，有深度空間的那一半可以裝填衣物，而只有皮面的那一半內外兩側附拉鍊內袋，可以裝其他小東西。

「我可以告訴你，」凌小姐說：「裡頭的東西只是被翻亂而已，他沒碰有拉鍊的地方。」

箱裡的原本摺疊整齊的衣服被弄亂。若平指著放衣服旁邊的兩個小袋子，「這兩個袋子有被打開、搜過的痕跡嗎？」袋子的大小裝不下一個斯芬克斯。

女郎搖頭，「沒有。」

他站起身，檢視床頭櫃上的東西。左手邊一具電話，右手邊幾瓶化妝用品立著，整整齊齊；電話前放著一個方形盒子，盒蓋扔在一旁。

他看了右邊的床上。床沒有睡過的痕跡，毯子也好好地鋪在床上。床上放著兩根香蕉和一個塑膠袋。看來凌小姐是準備睡在左邊的床。

他指了指床頭櫃上的盒子，「這是原本放斯芬克斯的盒子嗎？」

「沒錯，那盒子原本是裝在床上的塑膠袋裡，上頭用我中午沒吃的香蕉壓著。我想竊賊大概是想搜盒子才把香蕉跟塑膠袋扔到一旁的床上吧。」

「也就是說香蕉跟塑膠袋原本是放在床頭櫃上？」

「是的。」

他點點頭，轉身看著站在矮桌旁的女郎，攤攤手，「我想就先這樣了。」

「你都查完了？這樣就夠了嗎？」她似乎有點驚訝。

「我還得調查交誼廳的騷動事件和團員的不在場證明才能下結論，這要花不少時間。」

「我等你消息。」她靜靜注視著他，說道。

「還有……請妳盡力回想，從妳買了斯芬克斯後一直到今晚，有什麼令妳感到疑惑的事，不管重不重要，只要妳覺得稍微不對勁，都務必要告訴我。」

她頷首，「我明白，最微小的線索往往是破案的關鍵……我會盡力回想，想到了馬上通知你。」

現在應該已經快一點了。昏睡感開始侵襲他。「那麼我先失陪了，晚安。」他對她點個頭，然後往房門走去。

正要繞過浴巾娃娃時，若平突然想到一件事，轉身問道：「對了，還有最後一個很重要的問題想要請教一下。」

「請說。」

「其實也沒什麼，你說這個娃娃是侍者來打掃房間時做的，那是什麼時候？」

「晚餐之後，八點半多吧。」

「這個……哪一邊是正面？」他把娃娃的兩面都看了一遍。

「有一面的毛巾部分不是有捲起來，那就是屁股啦！」

這麼說的話，娃娃的屁股是面向房門。

「我知道了，那就先這樣。」

正當他伸手要轉動門把時，某個東西攫住了他的目光。一張斯芬克斯卡貼在門上，就在郵輪平面圖的上方。

他小心把它取下，微微轉頭。凌小姐似乎在做自己的事。

若平踏出走廊，把房門關好。

卡片正面畫著斯芬克斯，背面又是刻意隱藏筆跡的黑色文字。

第三回失敗的代價將是被斯芬克斯吃掉？真是個奇妙的威脅。

另外還有一個很奇怪的疑點。

斯芬克斯用連續竊案預示了第二階段的遭竊物是「SPHINX」，他自己也說第二回要解開的是「人面獅身像消失之謎」，但他不可能預料凌小姐會購買人面獅身像，進而進行偷竊。這到底是怎麼回事？

若平步下樓梯，來到二樓。夜的寂靜在四周漫遊。

一樓大廳，一對金髮情侶立在門邊，依偎緊靠，望著外頭消逝的河水，品嘗著這個異國的夜晚。

在這個靜謐的夜，只有外頭的尼羅河還低語著，彷彿在他的耳畔訴說著無盡、觸不到的溫柔。右手邊一道橢圓形的窗，他不自覺地靠了過去，對美麗的尼羅河，致上一份無言的敬意。默賞一陣後，他離開窗邊，走到交誼廳門口，面對著一片漆黑。

兩旁成排的窗戶林立，窗簾並未拉上，微弱光線滲入，勉強可以辨認室內的狀態。他走向中央舞台，走近右邊的白色圓柱，也就是原本掛著凌小姐皮包的那一根柱子。上頭刻滿各種神祇的浮雕，他摸摸柱身，發現並不是真正的石材。

他在之前懸掛皮包的區域仔細摸索。突然手指觸到了一塊方形突出的部分。摸起來的感覺明顯與柱身質地不同，他往上下左右各方向扳了扳，發現可以往上推。一推之下，室內亮起昏黃的燈光。是水晶燈的開關。那是一塊小小、突出的黑色長方體，就像一般電燈開關一樣。

他再往下一推，燈光頓時熄滅。

原來如此。

當時燈光的忽明忽滅不過是利用開關來控制，當全場旅客的注意力都被著火的窗簾吸引時，竊賊只需躲到圓柱後，伸手一扳，讓現場掉入黑暗，再摸走皮包逃離現場就可以了。

可是他拿走皮包後讓燈關著就好了，為什麼後來水晶燈又亮了起來？會不會開燈的是另一個人？

或許有可能，因為相隔甚遠的兩片窗簾，照理說需要兩個人來縱火……

他扭開水晶燈，雖然照明亮度不是頂好，但他沒有手電筒，只好將就將就。

若平走向右手邊中央的窗簾，那一截被燒得一塌糊塗的窗簾帶著哀戚的目光望著他，彷彿步入桑榆晚景；窗簾的下半截稀稀爛爛，殘缺不全。

那段窗簾前有一座沙發椅，他繞過沙發，上前檢視。

窗簾不算太厚，但面積大；他本來猜想窗簾是否有被潑灑汽油之類的液體，經檢查後他認為應該沒有。

他記得兩邊窗簾幾乎同時著火，右邊比左邊大概快了四五秒；雖然兩段窗簾間的直線距離用跑步四秒內可以到達，但在現場人群混雜的情況下，如果竊賊是當場徒手點火，似乎不可能辦到。

難道真的有共犯？

照理說，人們發現窗簾著火時，應該是已經燃燒了有一段時間，因為那時火勢已有一定程度；當時每個人視線都集中在舞台上，火勢小時不容易注意到。除非有其他助燃物……

他蹲下來，檢視燒焦窗簾附近的壁版。

就在窗簾殘骸的正下方，有著一道約八、九公分筆直縱向的焦痕，像一隻黑色怪蛇攀附在牆上。焦痕與剩餘窗簾間的空間正是燃燒掉的下半截窗簾。

他原本想搜尋地毯，但光線實在太暗了，根本看不出個所以然來，於是他站起身，走到左側的窗簾。

左邊格局相同，燒焦的窗簾前也是有一座沙發，必須繞過沙發才能看見接在原本存在的下半截窗簾下的縱向筆直焦痕。

他離開窗邊，走向舞台。

關掉水晶燈的那一剎那，他的目光掃向交誼廳門口，隱約看見一道人影在門口窺探。

那只是一瞬間的事。人影似乎發覺若平在裡頭，便快速掉頭離開，在門邊消失了蹤影。

他立刻從舞台上跳下，拔腿直追。

7

遊輪迷霧

慢了一步。

若平來到交誼廳門口，眼前的休息區空無一人，另一端的客房區走廊也沒看見人影。

他往前走，走到環繞一樓大廳的欄杆旁，往下看。

大廳只有服務台的一名工作人員，還有另兩名船員與船長在一旁交談。時間這麼晚了，遊客都在房裡休息，理應不會在外頭遊蕩。

對方有可能是往樓上跑。

他快步上樓，上頭的格局與二樓相同。

四處看了看。同樣一無所獲。

會不會是在頂層甲板？

頂層甲板的入口在貫穿客房區長廊的左手邊，他拉開門，步上階梯。

上頭一片黑暗，他繞場一遍。連個鬼影也沒有。

事實很明顯，他追丟對方了。那個人動作很快，但對方不太可能逃進房間，因為若平隨即跟上，對方應該沒有開房門的餘裕。除非那個人的房間很靠近交誼廳，比如說住在３０１或３０２，也有可能是４０１或４０２。

這都是猜測。對方也有可能躲在休息區的某個櫃子後面，或者是躲入交誼廳斜對面的廁所裡，等若平一上樓再溜回自己房間。如果是這樣的話，現在鐵定找不到了。

他分辨不出那個人影是男是女。但從輪廓看來，好像戴頂棒球帽。

這神祕人物來到交誼廳有何目的？難道是斯芬克斯來到犯罪現場收拾善後？他是不是留下了什麼致命的證據，要趕回來收拾？

如果是這樣的話，他有必要再搜索一遍交誼廳。

若平回到交誼廳，打開水晶燈，開始地毯式搜尋。

耗費了許多時間後，沒有得到新的線索，反而是眼皮愈來愈重。

他嘆了口氣。關掉燈，確認一遍這次門口沒有人影後，才踩著沉重的步伐回到自己的房間。

第二天一早手機的鬧鐘鈴響召喚他起床。睜開惺忪的睡眼，實在是爬不起來。昨天太晚睡了。

他梳洗完後，穿好衣服，下樓吃早餐。

今天有不在場證明要解決，該怎麼問才不會被起疑？

對了，就問對方有沒有去參加昨晚的晚會就好了，如此應可一併查明對方的行蹤。

通過一樓大廳，往底層走去。

餐廳已經人滿為患，自助式沙拉吧圍繞著蛇行般的人群。他找到旅行團的靠窗桌位，想趕快替自己佔個位置。

「早。」張喬音一看見若平走近，立刻以點飾著酒窩的微笑迎接他；滑順的長髮圈起她清秀的鵝蛋臉龐，他彷彿可以從女孩清澈的雙眼裡望見自己的映像。

「妳旁邊沒人坐吧？」若平微笑問道。

「沒有喔，我幫你佔著，你快去夾菜吧。」

不知道為什麼，他總覺得張喬音的眼神裡似乎隱藏著什麼。

眼神是一種無法隱藏的洩漏，但要解讀不容易。

「早啊，大偵探。」

他抬頭望向對面。

原來是淩小姐，她正一手托著下巴，另一隻手的指關節敲著桌面，用帶著笑意的銳利眼神鎖定著眼前的若平。

「早。」他看得出淩小姐的眼神有探詢意味。她一定很想知道他有無進展，但也知道這裡不是說話去處。

「快去拿食物吧，」淩小姐微笑。

若平點頭後轉身離開。

沙拉吧人山人海，種類有限的西式餐點一盤盤呈現眼前。他拿起盤子，穿梭於外國遊客間，開始挑選。

有切好的新鮮番茄，夾幾片吧。

他伸出手去拿夾子，同一時間，另一隻閃著銀光的手也往夾子的方向移去。他停下動作。

「哎呀，是你啊，」沈珞文吃吃地用手摀住嘴巴，說道：「你也喜歡吃番茄嗎？」

「早，番茄是我最喜歡的水果。妳先吧。」

「謝啦，」，女孩拿起夾子，夾了幾片番茄，「我最喜歡蘋果，不過番茄也不錯。」

若平注意到沈珞文仍揹著小熊皮包，索性開口問道：「你揹的那隻小熊，有名字嗎？」

「他啊，我就直接叫他小熊，很可愛吧？」女孩拍拍小熊的頭，「我喜歡熊寶寶。」

「……對了，妳們今早要去參觀哪座神殿？」換他夾番茄了。

「名字我忘記了，神殿的名字都好難記喔，行程應該都跟你們一樣吧，」她拋下一個笑容，「肚子好餓，有空再說吧。」

「嗯。」

既然今早還要去參觀神殿，那便意味著有大家聚集在一起的機會……要好好利用這個機會調查團員們的不在場證明。萬一等到回船了，大家都窩在房裡，那要調查就困難了。他希望能盡快給凌小姐實質的進度報告。

※※※

「我有事想麻煩你，可以過來一下嗎？」吃過早餐，來到一樓大廳的若平拍著雷毅的肩膀，問道。

「什麼事？」推理作家露出一臉邪笑，眉毛挑高，「我這裡可不是把妹諮詢室啊。」

「別開玩笑了，有一些專業知識想要請教你。你對菸草有研究嗎？」

「你可問對人了，我寫過一部《來自各國的香菸之奇異殺人事件》，你應該還記得吧？」

「記得記得，所以才問你。請跟我來一下，」若平踏上樓梯，往交誼廳走去。雷毅聳聳肩，跟上。

廳內空無一人。他走向右側的窗簾殘骸，比了比底下的地毯，說：「我只是想借助你的神力，看看這附近地毯上有沒有菸草掉落。燒焦窗簾底下這個範圍。」

雷毅用詭異的疑惑看著他，「你在調查昨天的縱火事件嗎？你是不是太閒了？」

「我只是好奇而已。反正你幫我看看就是了，」若平催促。

雷毅銳利地打量一番若平的臉後，才說：「好。」他蹲下身，雙手開始在地毯上亂抓。兩分鐘後推理作家站起身，攤著髒污的手掌，搖搖頭，「沒有。」

「沒有？左邊窗簾的地毯也勞煩你找找吧。」

「牆壁上那奇怪的燒痕……難道你懷疑……？」

「只是臆測，不過很有可能。」

雷毅半彎身，用手指觸了觸那縱向焦痕，「不是很有可能，我可以保證一定是。竟然使用這種手法。」

「哦？先找看看有無證據再說……麻煩你了。」

推理作家走到左側，重複先前的動作，兩分鐘後他站直身子，右手的大拇指與食指夾著一根細細小小、棕色的絲狀物。

「唯一的斬獲，」他說道。

若平眼睛一亮，「太好了，我想問的是，以此種菸草填塞的一根菸燃燒時間是多長？還有——」

問題還沒問完，推理作家就已經開始大開講座，從菸草的質地、產地、燃燒時會產生的化學物質……等等，巨細靡遺地詳述，甚至連出產公司的董事長家世也被他引述了一遍。

十分鐘後，演講大師好不容易停下來喘口氣、吞口口水，若平趕忙做結論道：「這種菸淨燃燒時間約十分鐘，在臺灣買得到，是這樣吧？」

「沒錯，原來你只想知道這樣？早點講嘛！」

若平苦笑，「我不是一開始就說了嗎……另外還有一件事問問你的看法，照這窗簾的材質，從開始點火到燃燒至昨晚我們看見的狀態，大概需要多少時間？」

「這個嘛……」雷毅摸了摸窗簾，「根據我寫過的一本推理小說中的資料，我估計大概十五至二十分。」

「十五至二十分？」若平沉吟，「謝謝，沒事了，回房準備吧，等會兒要遊神殿。」

他回房間刷個牙，整理一下簡單的行李，便下到一樓大廳等候，

今早他們在艾德夫（Edfu）下船，將乘馬車到霍魯斯神殿（Temple of Horus）參觀。四人乘坐一台馬車，由於他是單獨一人，便與張喬音、嚴雅晴、韓琇琪等三人湊成四人坐同一台。

「哇！親眼看到埃及內陸小鎮的風情耶！」嚴雅晴興奮地指著街道，「那裡人群聚集之處是他們的朝拜所吧？一天要拜五次不是嗎？」

「天啊，這樣不是很麻煩嗎？」坐在若平一旁的韓琇琪說道。

張喬音雙手放在旅行包上，微微偏頭，眼神沉靜地落在異國的街景。長長的髮絲隨著馬車的擺盪在她面頰旁飄垂，側臉像極了韓國恐怖片《鬼魅》中的女主角林秀晶。

他沒看過像張喬音這麼沉靜的女孩，有時她的思緒似乎會隨著視線飄向遠方，但靜謐與穩重卻又不時統轄著這一切的飄忽；她溫柔有禮的談吐，得宜的應談，令人猜不透淡淡冷漠背後的

心思。

她一定知道些什麼。

若平用微笑開場問道：「妳們昨晚有沒有去參加化裝舞會？凌霞楓小姐有上場跳舞，跳得很不錯呢。」

張喬音正要開口回答時，韓琇琪快了她一步，「唉，我本來想看啊，但身體突然有點不舒服，就回房休息了。」

「難怪，我才覺得奇怪妳怎麼突然不見了……後來好點了嗎？」

「好多了，謝謝……昨天回房洗個澡後我竟然就躺在床上睡著了，本來還要過去喬音她們那邊的……喬音、雅晴妳們昨天幾點睡啊？」

「我們……大概十二點吧，」張喬音說，眼神對著韓琇琪，「我和雅晴從十點就開始聊天，一直到十一點半，洗個澡後就睡了。」

「妳們還真有興致啊，」韓琇琪不以為意地說：「昨天我覺得好疲倦，長途旅行太累了。」

「嗨！」嚴雅晴突然對著不知什麼人，高興地招手。

「誰啊？」韓琇琪問。

「沒有啦，我看到一個埃及人在對我笑，我就對他打聲招呼啦！啊，對啦，喬音，妳有帶相機吧，我剛剛忘了拿。」

「嗯，」張喬音偏過頭回答：「我有帶，妳放心吧。」

「妳們兩個昨晚就一直待在房裡？沒到頂層甲板看看夜景嗎？」若平把話題拉回來。

「噢，沒有，」張喬音看著他，「因為也有點累，所以都待在房裡。而且……」她的眼睛似乎閃動了一下，伴隨著一絲微笑，「我們兩個女生一起看夜景也沒什麼意思吧。」

正當若平琢磨著該怎麼套話時，嚴雅晴興奮地打斷了他的思緒。

「啊！看到神殿了啦！在那邊！」女孩大叫，韓琇琪也欣喜地往外探出頭觀看。

馬車戛然停止，車伕用不標準的英文向女孩們要照相機，他要幫她們拍合照，其實是想拍完拿小費。

「各位請跟著我走！」

謝領隊領著下馬車的一行人往神殿前進。

流金鑠石的天氣肆虐著。

汗似乎一流出來就蒸發了，完全沒有喘息的餘地。巨大的神殿建築，牆上各式各樣的埃及神祇，穆罕默德帶著阿拉伯口音的說明全融成一片蒸騰的熱氣往他臉上直撲。

此地艾德夫是路克索（Luxor）和亞斯文（Aswan）間的一座小鎮，因擁有目前全埃及保存最完整的霍魯斯神殿而聞名。霍魯斯是埃及壁畫中那位鷹頭的獵鷹神，傳說是法老王的守護神。霍魯斯神殿規模雖不如路克索神殿，但因整棟建築包含城牆和屋頂均保持完整，是以成為相當值得一看的景點。

各國遊客雲集，有義大利人、西班牙人、日本人……通道比較窄的地方擠得水洩不通。火傘高張，注意力無法繼續集中的若平眼神飄散，移至一旁。才剛轉過頭，便看到一雙滴溜溜的眼眸也盯著他看。

「嗨，」沈珞文露出微笑，「真巧，我們的導遊也在解說那片壁畫。」

「嗨……這邊太熱，到那裡如何？」他指了指神殿外頭一處人比較少的空地。

「好啊，」女孩點了點頭。

若平在前，女孩在後，兩個人走出神殿，站在陰影處躲避炙人的艷陽。

沈珞文穿著白色T-shirt加休閒長褲、運動鞋，戴一頂白帽子，斜揹著小熊包包。

他突然想到羽婕也很喜歡小熊。應該說，很多女孩子都很喜歡小熊。

「對了，妳那隻小熊很好可愛。」

「你對它有興趣啊？」女孩兩手把小熊捧起來，說：「這隻小熊其實不是買的，是我妹妹做的！」

「妳妹妹做的？手藝真好。」

「她是讀美術的，常常做一些可愛的東西唷！這是她送給我的生日禮物。」

「原來如此。介意我摸摸小熊嗎？」

「當然不介意。」

他走上前，從女孩手中接過小熊。

若平用手捏捏小熊。

「裡頭的填充物好像不是棉花……像沙子。」

「是沙子沒錯啊，你看！」

她拿起小熊，展示它的背面給若平看。背上有一道拉鍊。她把拉鍊拉開。

他湊近一看，裡頭裝滿了白沙，看起來相當細緻的白沙。

「你可以摸摸看啊，觸感很好。」

果然，摸起來相當滑柔。

「這是哪個海灘的沙子？」他問。

「如果有機會一起去你就知道啦……對了，我們來照張相好不好？」

「妳有相機……」

「有啊，」女孩打開包包，拿出一個銀色相機，「新買的數位相機喔，來，你要哪邊當背景，我幫你照一張。」

若平其實不是很喜歡照相，但此刻不好推辭。

「我以這面壁畫為背景好了，」指著超大的壁面，他勉為其難地面對鏡頭。

「笑一個，」照相機後的沈珞文說，「要照囉，一，二，三……」

喀嚓。

「你要不要看看？」女孩把相機遞給他。

「不用了……我來幫妳照一張吧，」若平接過相機，「你也要這個背景嗎？」

「嗯，拜託你了。」

他拿起相機，對準女孩，按下按鈕。

女孩含笑走向前，說：「請別人幫我們兩個照一張吧。」

「好，」他看了看四周，剛好一對東方人長相的老夫婦走過。

「對不起，」女孩搶先若平一步走向前，「可以麻煩您幫我們拍張照片嗎？」

沒想到老先生竟然冒出一口日語，沈珞文一時不知所措，急忙用英文應答。

若平走上前，適時地用日文插入。若平解釋自己與沈珞文是從台灣來的遊客，並拜託老先生能為他們拍個照。

言談間女孩以極為驚訝的眼光望著他，不可置信的表情充塞她臉龐。

兩個人肩並肩站著，留下一張紀念照。

「你會日文啊？」老夫婦走後，她一臉好奇地問。

「學過，簡單的對話還可以應付。」

「你講得不賴啊，」女孩露出欽羨眼神，說：「我除了中文就只會英文了……啊，還有台語。」

「英文可以說得好已經不簡單了。」

「……我有一個點子，我們來比賽寫詩好不好？」

「什麼？」若平懷疑自己是不是聽錯了。

「也不是比賽啦……我們各自來寫一首詩表現現在的心情，體式不拘，下一次見面時再互相交流。」

「這……為什麼突然想寫詩？」

「只是心血來潮，在異國寫詩你不覺得有趣嗎？還是你對詩沒研究？」

「是沒什麼深入研究，不過自由寫的話可以試試。」

「那就一言為定！」她做出個約定的手勢。

不遠處，兩個旅行團的團員開始移動。

「好像要到下一個景點了，」女孩說：「我們是不是也該走了？」

「走吧。」

兩人各自步入屬於自己的團體。

「我看見了，」才剛進入人群，這麼一陣不懷好意的聲音便傳來，「你的確在把妹，」雷毅露出滿口刷壞的牙齒，噴出一口早晨沒刷牙的「氣」。

若平咕噥應答：「接下來要去哪裡？」

「我也不知道，英文差根本聽不懂導遊在講啥碗糕，只看他在那邊比來比去……反正跟著走就是了。」

之後，若平巧妙地利用時間差與團員分散的時間個別攀談，粗略地查清所有人昨晚十點至十一點的行蹤。他大略記在腦海裡，再趁著乘車時寫在筆記本上。

車上寫東西、讀字很容易暈車，他強忍著嘔吐的痛苦，逼迫自己記下所有蒐集到的線索。時間不多，不能浪費分秒。

中午回船上用午餐，停泊的船隻再度啟航。之後今天就沒活動了。

餐後他踱步回房間，用鑰匙打開房門。剛進房內、把門闔上，抬起頭的那一剎那，他微微吃了一驚。

眼前一個用白色大浴巾折成的人形，兩隻手勾在冷氣通風口，從天花板垂下來，兩隻手臂間夾了一捲衛生紙，上頭用黑筆畫著笑臉，面對著他。

原來是這個。昨天也在凌小姐房內看過。

若平伸長雙臂往上搆，剛好觸及冷氣通風口，摸索一陣後發現娃娃的手勾得不算牢靠，普通撞擊下應該就會鬆脫。

他繞過娃娃，往床鋪走去。潔白的床整理得乾乾淨淨的。

看來是早上的例行性換床單。大概在每個人的房內都做了類似的浴巾娃娃吧。他回頭看看白色人偶，屁股部分以捲起的浴巾呈現，整體看來亂可愛的。

頭部背後用不標準的英文寫著：For you. My frand.（送給我的朋友。）

若平換套舒適的服裝，坐到床上。開始整理案情。

他在紙上寫下事件流程表，而以下關於發生事件的確切時間只是大略估計，畢竟這是靠回想整理出來的；例如韓琇琪到達的時間究竟是十點七分還是十點九分，他自己也不能肯定；但一般說來，應該不會有三分鐘以上的誤差。

流程表如下：

時間	事件
九點五十分	凌小姐離開房間。確認斯芬克斯仍在房內。確認鑰匙在皮包內。
九點五十一分	凌小姐到達交誼廳。雷毅也到達。
十點八分	韓琇琪到達。
十點十分	晚會開始。
十點十四分	凌小姐補妝，鑰匙仍在皮包內。
十點十五分	凌小姐上台。謝領隊與穆罕默德到達。
十點十七分	凌小姐將皮包掛在圓柱上。韓琇琪離開交誼廳（她自己的說辭）。
十點二十分	發現右側與左側窗簾先後著火（已燃燒十五至二十分鐘）。
十點二十一分	水晶燈熄滅。
十點二十三分	水晶燈開啟。
十點二十四分	船員開始滅火。
十點二十五分	船長緊急安撫演說。
十點三十分	凌小姐發現皮包失竊。
十點三十二分	謝領隊與穆罕默德下樓請求船長協助。其他人在交誼廳先展開搜索。
十點三十五分	領隊與導遊同船長進入交誼廳。繼續搜索。
十點四十分	船員在二樓廁所發現皮包。凌小姐清查皮包發現鑰匙失竊。
十點四十五分	船長用備用鑰匙打開凌霞楓小姐房門。凌小姐進入清查，發現斯芬克斯失竊。

大致就是這樣了。接下來考慮團員涉案的可能性。依據他先前分析，「兇手」斯芬克斯必定是在晚會中從頭到尾都沒有現身的人，或是剛開始有出現，後來不見蹤影的人，那首先可以被排除的就是謝領隊、導遊穆罕默德、推理作家雷毅三個人，他們在時間上不可能犯案……穆罕默德甚至可以直接排除，他並不知道凌小姐購買斯芬克斯的事，除非那時他從門外窺看，或有其他團員告訴他……但為什麼？有人會大費周章用英文告訴導遊這種雞毛蒜皮的小事嗎？可能性趨近於零。但為求嚴謹，他還是分析了一下他們涉案的可能性：皮包被竊應該是在十點二十一分水晶燈熄滅後，雖然凌小姐在十點三十分才發現皮包失竊，但竊賊利用黑暗時刻行竊的前提殆無疑義——總不可能水晶燈亮了之後再偷吧！如果上述三人有任何一個人是竊賊，在時間上根本不可能成立。就拿領隊與導遊來說，十點二十三分一直到三十二分這兩人一直在交誼廳內，沒離開過若平的視線超過一分鐘，如果說這兩人的其中一人在利用下樓請船長的短短三分鐘內藉故離開，到凌小姐房內竊取斯芬克斯，根本是不可能的事。竊賊做了什麼？偷了皮包後，先到廁所清查，棄置皮包，拿了鑰匙，進到４０７號房，搜尋現場，拿走斯芬克斯……這一切行動再怎麼說都要花上十多分鐘以上。三分鐘？天方夜譚。

至於雷毅更不用說了，從頭到尾都在他身邊，連捏死一隻螞蟻的機會都沒有。

排除掉不可能的人選後，接下來是其他人的不在場證明。他調查的時刻是十點到十點四十五分，考慮到竊賊事先佈局的時間，將時刻往前推到十點；另一方面也是因為用十點一個整數來詢問，比之於用十點十五分或十點二十來問，別人比較能記得那個時刻自己在做些什麼。

大部分人都待在房內，由於房間隔音效果不錯，交誼廳的騷動並沒有引起三樓甚至二樓旅客的注意。

十點到十點四十五分各團員的行蹤：

姓名	行蹤	證明
邱憲銘	吃過晚飯後一直待在房內，睡覺前一步也沒外出。	無人作證。
張喬音	在房裡與嚴雅晴聊天。	嚴雅晴作證。
嚴雅晴	在房裡與張喬音聊天。	張喬音作證。
韓琇琪	十點到十點八分在船內遊蕩，八分到達交誼廳，十七分離開，之後回到房內洗澡、睡覺。	無人作證。
陳國茂	房內休息，上吐下瀉，從中午開始就一步也沒踏出房外，甚至沒下床（除了吐的時候）。	陳莉繪作證。
陳莉繪	房內。	因為那段時間陳國茂睡著了，故無人作證。
程杰晉	頂層甲板看夜景。	江筱妮作證。
江筱妮	同上。	程杰晉作證。

姓名	行蹤	證明
林政達	房內。	許芳文作證。林宇翔作證（十點三十之後）。
許芳文	同上。	林政達作證。林宇翔作證（十點三十之後）。
林宇翔	在船內遊蕩。	無人作證。十點十七分時在二樓長廊口與韓琇琪擦身而過。十點三十之後回房。林政達、許芳文作證
林欣涵	房間內睡覺。	十點二十前林政達、許芳文作證，之後林政達、許芳文、林宇翔作證。

關於張喬音、嚴雅晴，程杰晉、江筱妮以及林政達一家人的證詞無法完全盡信，因為他們可以互相袒護。不過，當若平詢問他們時，看不出有說謊的跡象，至少就程杰晉夫婦與林政達家人的情況來說，他們的應答十分自然。

至於張喬音，若平一直覺得她似乎知道些什麼。是否該找她談談？

最令他困惑的還是林政達一家人，與穆罕默德情況相同，他們並不知道凌小姐購買斯芬克斯的事實，穆罕默德還有機會從門外窺看，但他們沒有。不排除有團員告訴他們的可能性。凌小姐說過在買了斯芬克斯後她只拿給謝領隊看過，因此他們不可能有機會過目。況且，要說服他林政達先生的兩名年紀尚小的兒女能執行這計畫周密的行動，他也實在無法相信。

回到兩個老問題：犯人斯芬克斯偷竊人面獅身像的動機，以及他為何能預測凌小姐會購買人面獅身像。

沒有頭緒。

他往床上一攤。

腦中浮現出凌小姐昨天說過的話……「不計費用，我要委託你找出這名目中無人又沒品德的盜賊，並尋回我的斯芬克斯像。」

凌小姐說過尋回人面獅身像是為了她小兒麻痺的小姪子，不過……

突然間，一個想法貫穿他腦海。

如果說，斯芬克斯就是凌小姐本人呢？

這個看似荒謬的想法可以解釋前頭的兩大疑點！

首先，它說明了斯芬克斯何以能預測凌小姐會購買人面獅身像，因為根本不用預測，她知道自己會買。再者，它也說明了為何凌小姐執意要他尋回一個不算太貴重的東西，因為這是考驗他的陷阱，是鬥智遊戲的一環。

如果是這樣的話，第二階段的偷竊事件就是障眼法了。不過那掛在舞台柱子上的皮包要怎麼解釋？是怎麼消失不見的？在那水晶燈熄滅的短短兩分鐘，凌小姐不被人發現地取下皮包、離開交誼廳、將皮包棄置廁所、再回到交誼廳握住謝領隊的手……幾乎一切行動都在黑暗中完成，怎麼想都覺得不可能。

躺了一會兒，他發現現在不是睡覺的時刻。

到外面走走吧，順便看看有沒有獵尋線索的機會。

走到門前，一打開房門，發現謝領隊正在敲對面３１４的門。

「啊，你好，沒睡午覺嗎？」領隊問。

「沒有，睡不太著。陳國茂先生還好吧？」

「不太好，沒有好轉趨勢，陳太太叫我過來看一下……」

門開了，陳太太探出臉來，一臉擔憂地說：「不好意思還麻煩你過來，我一直說要幫他叫醫生，他還在那裡死撐著，說什麼自己抵抗就好……都已經吐得不成樣子了……」她突然看到站在走廊上的若平，趕緊擠出一個勉強的微笑，點點頭打招呼。

「我進去看看吧。，」謝領隊說道，往房裡移動。

「我也可以進去探望一下陳先生嗎？」若平問。

「啊，當然，進來幫忙說服一下吧，」陳太太再度露出擔憂神色。

一行人進了房內。陳先生橫躺在床上，穿著睡衣，抱著枕頭，看起來相當虛弱，臉色也不好。他一看見領隊，立刻呻吟道：「謝先生，不好意思還麻煩你過來，都是我太太多事，我根本沒什麼大礙的，再休息一晚就好啦……」

「你昨晚也是這樣說，」陳太太訓誡道：「結果一個晚上起來吐了三次，拉了兩次。」

「我幫你叫醫生吧，」領隊關心地說道，「看來你的病不輕，叫醫生會比較好。」

「有船醫嗎？」若平問。

「沒有……啊，對，我都忘記現在船在開動，醫生沒辦法上來。我帶的上一團，有人也是在船上撐不住，後來船長從岸上叫醫生來，不過那個時候船還沒行駛。」

「那該怎麼辦？」陳太太憂心忡忡地說。

「我有帶藥，昨晚陳先生一直拒絕不拿，我看就留一些在這裡以防萬一。」

「不必不必……我行的啦……」陳先生呻吟著，可是聲音愈來愈小。

謝領隊打開隨身揹的旅行箱。才一打開一包藥馬上掉落下來。

若平彎身撿起，遞還給他。

「啊，謝謝……」謝領隊接過藥，開始往箱子裡摸索，「我這裡什麼藥都有，腹瀉、感冒、發燒、嘔吐、頭痛、胃痛……」

還真的是什麼都有。箱子裡簡直是哆啦A夢的口袋，各色藥丸、膠囊、藥錠塞滿裡頭的空間，不只有藥，一些糖果、香菸、鋼筆、訂書機、瑞士刀等雜物混雜在一起。領隊果然不好當，什麼都要準備。

他放了幾包藥在床頭櫃上，「症狀與我剛剛說的那名團員一樣，應該吃這些藥就沒錯了……對了，我有想起醫生的話，不要吃魚、奶油、牛奶，麵包、蜂蜜、蔬菜湯可以喝，水要少量多喝……我只記得這些，現在才想起，昨天忘了跟你們說，真是抱歉啊。」

「難怪今天拿了一些牛奶給他喝，全吐出來了。」陳太太說，「領隊先生謝謝你啦，我等一下會強迫他吃藥，不好意思麻煩你。」

「不會不會，有什麼狀況可以打電話通知我，我住401號房。」

「謝先生你放心……我明天就好起來……」這是陳先生在他們跨入走廊時最後說的話。

「謝謝、謝謝。」陳太太送他們出房外。

門關上後，領隊笑著對若平說：「根據我的經驗，他不會有事的……啊，抱歉，先失陪了。」

若平望著他往長廊口步去的背影。

不知道他在旅遊業做多久了？對，十年，想起來了。挺有經驗的一個人。很可靠。

他往長廊口漫步走去，轉向交誼廳。

裡頭跟往常一樣，沒人。

他感到有點不解，這裡沙發這麼多，也有窗戶可以觀賞風景，為什麼老是空空如也？也對，比起頂層甲板的臨場感與真實感，這裡封閉多了。

有人。

邱憲銘先生蜷曲於角落的沙發，低頭不知看著什麼東西。

若平走過去，正想打招呼時，他已抬起頭來。

「你好，」他虛弱地笑笑。睡眠不足的跡象佈滿他瘦削的臉龐，頭髮略顯散亂。

若平瞥見他快速收起手上的東西。是照片。

「您在研究些什麼？」這次他決定弄清楚，在邱憲銘面前的沙發坐下。

沉鬱男子正視他，露出虛弱的微笑，「你想看嗎？不要嚇到喔。」

出乎若平意料之外，邱憲銘竟然大方、無忌諱地把照片遞給他。

照片中是一名年輕女子的半身照，年齡看不太出來，大概三十左右，穿著輕便的服裝，臉上洋溢著笑容，背景是一座城堡的大門，四周似乎聚集了遊客。日期是兩年前的七月十五日。

照片中的女子是凌小姐。

若平把照片遞回去，問：「這是她嗎？」

「她？」邱憲銘先生臉上有著謎樣的微笑。

「我們團裡的凌霞楓小姐。」

「你說呢？」

「看起來是。」

「這照片是我幫她照的，背景是德國的新天鵝堡。」

「她是你的女友？」

對方悲慘地點點頭，然後搖頭。「前女友。」

「你們兩人現在為什麼不說話呢？好像陌生人。」

邱憲銘沒有馬上回答，他凝視著照片，好像整個人跌入了裡頭。良久，才緩緩開口：「後來發生了一些很不愉快的事，永遠無法將其從心頭抹去。」

這句話一說完，邱憲銘似乎就沒有打算再開口的意願了，不過他還是補了最後一句：「抱歉，請讓我獨處吧。」

「抱歉打擾你，」他從沙發中起身。

若平離開交誼廳，心緒紛雜。

原來凌小姐是邱憲銘的前女友？在這次旅行巧遇？也許是上次旅途中發生嚴重爭吵，導致分手吧。許多情侶分手後都不可能再是朋友了，視而不見也是稀鬆平常的事。不過也太巧了。

離開交誼廳後，他往一樓大廳走去。林政達先生家的男孩林宇翔正在那邊閒晃。林宇翔戴著一副厚厚的眼鏡，頭髮直直從額前垂下，呆裡呆氣，感覺上就是那種喜歡獨來獨往，到處觀察事物卻不喜歡融入團體的小男孩。

「大哥哥你好，」林宇翔眨了眨眼睛說道。

「你好，忙什麼？」

「我在觀察外國人，」他的眼睛在鏡片後面閃動，「我在分類他們的香水，我發現美國人跟義大利人擦的香水很不一樣喔，我現在一聞就能分辨出來了。」他轉頭指了指角落沙發卿卿我我的一對男女，「他們是義大利人，剛才接吻吻得好激烈喔！都不介意旁人觀賞呢！」

他苦笑。現在的小孩還真寶。「我們不要打擾他們……你說你昨晚大概十點十七分時在二樓樓梯口有看到韓琇琪大姐姐？」

「我不確定確切的時間，不過我真的有看到她，」他補了一句：「她應該換個髮型，現在的髮型把她的長臉都顯露出來了，不好看。」

「你有看到她進房間嗎？」若平沒有理會林宇翔的評述。

「有啊，我看到她開門走進去。」

「是左手邊第一間，312號房嗎？」

「沒錯，是那間。」

韓琇琪住312號房，看來她是真的有回房。

林宇翔繼續說：「比起有點陰沉的張喬音姐姐，我還是比較喜歡那個高高很陽光的的姐姐啦，好像是叫做嚴雅晴吧？不過她有時候心情會變得不太好。啊，我昨晚有在三樓看到她呢！」

「三樓？」

她不是住二樓嗎？

「我看到她在一間房間前蹲下來，不知道從門底下塞了什麼東西進去……」

「哪一間房？幾點？」

「快十點半吧，不太確定。至於房間……在左手邊，稍微有點遠，不清楚哪一間。」

左手邊，那是奇數號排的房間，稍微有點遠……難道是407？

「你有看到她塞什麼東西嗎？」

「沒有，甚至有沒有塞東西我都不知道，只是看到她做了這麼一個動作。」

「塞完東西後呢？」

「就走啦！我看到她走過來，我就溜掉了。」

「她有看到你嗎？」

「我想應該沒有。」

若平掉入深思。

「大哥哥，你想她會塞什麼？該不會是情書吧？哈哈，她是不是塞到你房間啊？」男孩咯咯笑了起來。

「我住二樓。沒那麼幸運啦，」他拍拍男孩肩膀，「有想到什麼你昨晚看到的奇聞異事再告訴我，我先走了。」

「好，再見，」林宇翔轉頭回去研究那對義大利情侶。

若平快速登上樓梯，往自己房間走去。

他停在房門前，拿出鑰匙，蹲下來。

他試著把鑰匙往門縫塞去。

不可能。三歲小孩都看得出，這門根本連門縫都沒有，鑰匙本身都過不去了，更何況鑰匙還繫著一根長木棒。

他用手指往門底下探了探，能過得去的，大概只有紙張。

事實上他也不知道自己這樣做有什麼邏輯，完全只是出於直覺的衝動。

不過可以肯定的是，張喬音替嚴雅晴做了偽證，至少昨晚十點半時，嚴雅晴不在房內。

他站起身，走到隔壁的311號房，輕輕敲了門。

等了一會兒，他正想敲第二次時，門開了。

張喬音從小小的間隙探出臉來，頭髮有些凌亂。她穿著輕便的無袖上衣。

她看著他，露出一個淺笑，「啊，是你，有什麼事嗎？」

「在午睡嗎？很抱歉打擾了。」

「不，雅晴正在午睡，但我在看書。」

「那就好……有一點事想問妳，關於昨晚妳與嚴雅晴的——」

「等等，」張喬音轉頭，消失蹤影，但很快又把頭探回來，「對不起，你等我一下，我換個衣服再出去與你說好嗎？」

「我等妳。」

門關上了。

他稍微調整一下情緒，在心裡打草稿。等一下該如何問？她一定知道他在調查某些事，他太明顯了。但好像也沒其他辦法。

門又開了。他退到一旁。女孩踏出房間，對他點了點頭。

「我們到頂層甲板說吧，我想你大概有不少問題要問我吧，」她說。

「好。」

他不自覺走在前頭，她跟在後頭。

張喬音與他說話時，她的眼神接觸始終做得相當好，也許是一種習慣吧，她總是能非常鎮定地看著他，相當專注；女孩似乎在沉靜中帶有適度的外放，那股靜謐，彷彿為她罩上了一片半透明的玻璃，有清晰的色澤，也有朦朧的地帶。但鑑賞者永遠觸及不到核心。

他一直覺得她的沉靜是因為她有心事，但也有可能是他想太多了。

兩人在甲板上選了一個角落的位子，若平從吧台端了兩杯咖啡。

「謝謝，」她禮貌地說。

「也許我這麼做有點突兀，不過希望妳明白，我是為了查清某些涉及犯罪的事件，」他有點乾澀地說。

「你是不是在替凌小姐調查什麼？」她從咖啡杯抬起頭來，問。

「沒錯。妳怎麼知道？」

「從今早餐桌上的互動我約略可以猜出。」

聰明的女孩。他暗忖。

「我不能洩漏太多……我只想知道的是，妳為何對我說謊。」若平十指交握。

她緩緩放下咖啡杯，坐直身子，眼眸直視他，「我說什麼謊？」

「昨晚十點半時嚴雅晴不在房裡，她在三樓某房間前。但妳告訴我那時妳們在房裡聊天，」他的十指纏得更緊了。

她還是繼續看著他，沒有說話。她的眼神似乎既無辜，又無奈，深邃中彷彿流竄一股罪惡，又有一派柔弱。

「你知道她到三樓的目的吧？」

沉默半晌，她終於開口，神情中有一種如釋重負的感覺，「我知道，可是我不會告訴你。請你原諒。」

「為什麼不能告訴我？」

「這是朋友間的……祕密。」她的嘴角竟然漾出一彎笑容，「每個人都有祕密呀，你不能強迫別人告訴你。」

「可是這事關重大。」他壓低聲音。

斯芬克斯的警告……

「對不起，我還是不能說，我也不希望你去逼問雅晴，」她搖搖頭，「不過我知道你不會這麼殘忍的……這又不是什麼攸關人命的大案，」她的唇角似乎帶著一絲譏諷。

他暫時無話。現在呢？

出乎他意料之外地，女孩默默站起身，對他送上笑容，「謝謝你的咖啡，我該走了。」

「我覺得，妳一定知道什麼事。」若平靜靜地說。

她臉上沒有表情。

「你不是偵探嗎？答案應該由你自己找出，」她仍舊一臉平靜，「推理小說中一般都是偵探對讀者下戰書，但關於我們今天討論的這個問題……」她用慧黠的目光凝視他，「由我這個讀者對偵探下戰書——這是我對你的挑戰！」

8 線索拼圖

沒等他回答，女孩拋下一聲「再見」後，便起身匆忙往樓梯快步走去。

她頭也不回地下樓了。

若平微微嘆了口氣。

也許她替嚴雅晴作偽證這點根本跟案情沒有關係。也就是說跟斯芬克斯的陷阱無關。

但這只是沒有證據的猜測。

到房裡沖個冷水澡好了，沖完繼續思考。多學學白羅，少學馬羅。

他下了甲板，踱步回自己房門前，右手握著鑰匙。

「不好意思。」女人的聲音說道。

若平轉身，凌小姐站在他身後。

「沒打擾到你吧？」她淡淡地問。

「沒有。什麼事？」他現在開始對凌小姐有戒心了。

「你不是說記起什麼怪怪的事，不論多麼微不足道都要告訴你？」

「我是這麼說的。」

「那請到我房裡來，我想起來了。現在方便吧？」她問。但聽起來像肯定直述句。

「可以。」

他們上了樓，進入４０７號房。

甫踏入房內，他立刻發覺浴巾娃娃不見了，反而是面前廣闊的窗櫺上多了一隻姿態優雅的天鵝。

「好像是今早侍應生進來換床單時把那隻娃娃改折成天鵝了，還滿有創意的。」凌小姐解釋。

「不知道明天會出現什麼。我很期待，」若平擠出一絲笑容，「搞不好是人面獅身像或金字塔。」

「我還駱駝跟法老王哩！管它什麼，我要說的就是與那浴巾娃娃有關，」她往床沿一坐，用下巴指了指若平身旁的沙發，「坐啊，不用太拘束。」

「謝謝，」他坐下。

「我昨天不是告訴過你，那個浴巾娃娃是侍應生進來換床單後做的？」她說。

「沒錯。」

「那是晚餐後，我回房發現一名穿制服的埃及侍應生在裡頭替我換床單、清浴室的垃圾，然後就用浴巾跟衛生紙筒做了那娃娃，還問我可不可愛。」

「對不起，我打岔一下，侍者怎會在那時幫你換床單？」

「咦，你沒有嗎？我以為他們早上換一次，晚上又換一次……」

「是這樣？還是我的房間漏掉了……抱歉，你繼續說。」

「那浴巾娃娃的作用是要讓進房的房客嚇一跳——一開門就看見一個人吊在天花板對著你微笑；也就是說，浴巾娃娃的正面是面向房門的，但昨晚你離開我房間後我無意中發現，那浴巾娃娃的身體是面向房內窗戶的，也就是背對房門！」

「妳的意思是……」

「在我離房參加晚會後到我回房之間，有人改變了浴巾娃娃的方向，很顯然地，那個人就是偷走斯芬克斯的竊賊。」

「等等，妳確定妳離房參加晚會前，浴巾娃娃是面對房門？」

「絕對沒錯，我關門時還看了一眼它的笑臉。至於娃娃的身體，由於四肢部分是以浴巾四角分別向上、下捲起，也就是說捲起突出後的部分是臀部與上背部，因此方向不會弄錯。」凌小姐口氣相當篤定。

「對了，我昨晚進妳房間時，娃娃的頭怎麼沒跟身體連在一起？」

「那正是我接下來要提到的另一點，其實我昨晚回房時，那顆頭就已經好端端地擺在桌上了。但我稍早離開房間時，頭明明還跟身體接在一起。」

偵探皺起眉頭，「如果是這樣，那就真的很奇怪了……竊賊為什麼要改變浴巾娃娃的方向，還特別把它的頭擺在桌上？這樣做有什麼意義？」

「其實……我是有想到一個可能的解釋，」女人低頭沉吟，「如果是在晚上的時候進房，房內又沒開燈，根本不會注意到那個浴巾娃娃吧？而且它的距離又離房門那麼近，如果你進房關門後馬上往前走，一定會一頭撞上它……昨晚我離房時有注意到，那娃娃的一隻手沒夾好，身體有點歪斜，經碰撞很有可能會掉下來……」

「妳的意思是，竊賊進房後不小心撞掉了那個娃娃，後來又把它掛好，但卻弄錯了方向？」

「這只是我的猜測，不然還能有什麼解釋？我覺得可能性很大。」

「那為什麼那顆頭又會自己跑到桌上去？」

「可能是沒夾好又掉了下來，他索性就把它擺到桌上吧！」

「可是我想不通娃娃被掛回去的理由，如果竊賊是為了掩飾房間內有被搜過的痕跡，那娃娃被掛回去保持原狀的行為是可以理解，但現場這麼凌亂，一看就知道遭竊，娃娃掛不掛，也掩飾不了竊盜的事實，有什麼差異呢？」

「……的確。」

「況且，竊賊應該有時間上的壓力，偷了東西就要趕快走人，何必浪費時間去掛好一個不重要的娃娃。就算他有心掛好，放那顆頭也花不了他幾秒時間，掉下來再夾上去就好了，為何好端端地把它擺在桌上。」

「難道這條線索只是增加案情的複雜度嗎？」凌小姐無奈地攤攤手。

「也不見得，」偵探一邊沉思一邊踱到原本懸掛娃娃的冷氣通風口下。一座矮櫃緊鄰電視機旁，在通風口的斜下方。他彎身下來檢查矮櫃。

半晌後若平轉頭問道：「這座櫃子原本應該是緊貼牆壁吧？你有移動它嗎？」

「沒有。怎麼了？」

「好像有人把它往前拖出，後來又想把它推回原位，但沒弄好，因此擺放位置稍微有點歪斜。」

「我之前放東西到櫃子上時，櫃子緊緊貼著牆壁，很整齊。這我確定。」

「而且這上頭有一些泥土，」若平說道：「但因為櫃子頂面是凹凸不平的裝飾設計，因此無法辨認出腳印，再說這個人只踩在邊緣。大概是櫃子太重了，拉不過去。」

女郎一臉驚異，問：「腳印？你在說什麼？」

「我猜想竊賊是用這個矮櫃來當墊腳臺掛浴巾娃娃，畢竟那通風口有點高度。」他沒等對方回答，又問：「對了，我有兩個重要的問題要請教妳，首先是，昨天下午我們回到船上後一直到妳離房參加晚會之間，有誰進過妳的房間？」

凌小姐想了一下，回答：「換床單的侍者不算，只有雷毅先生進來過。」

「雷毅？他找妳做什麼？」

「推銷他的小說。我覺得相當突兀，那時我正準備好要去參加晚會，才剛打開房門就看到他站在門前，一身埃及人打扮，我嚇了一大跳。」

「然後呢？」他回想起雷毅那一身不搭調的服裝。

「他說有事想跟我談，不會耽誤太久，一邊說還自己一邊往房內擠，我只好退回房內。」她臉上閃過嫌惡的表情，「他掏出一本小說遞給我，叫我翻翻看，我正想拒絕時他竟然說了一句話，讓我征住。」

「他說什麼？」

「他說那本是謝領隊大力推薦的，因為作者是他，領隊就拜託他推薦給我。聽他這麼一說，我才接過書翻了翻。」

「書名呢？」

「《藍褲老阿伯》。」

「你收下了？」

「收下了，我當時順手就往皮包裡放，現在書在行李箱裡。」

「有關書的事我等下會再詳細詢問。你說你把書放進皮包裡，接下來？」

「接下來？我們的推理作家當然是高興得不得了，問我是不是要去參加舞會，他說他也要去，」凌小姐做了個詭異的手勢，「你知道嗎，當時他是站在浴巾娃娃的前面對著我講話，那一身怪異打扮，邪惡笑容，頭正後方又吊著個人形，然後又拿出一本怪異至極的書，整幅畫面真的詭異極了……」她乾笑了幾聲。

他自己在腦中模擬一遍現場實況，不太確定這幅畫面應該放在恐怖片還是搞笑片。

「後來他就先離開了嗎？」若平問。

「不，他與我一道去，沿路上還興致勃勃地替我介紹書的內容。」

「有沒有可能，雷毅在與你說話時趁你不注意偷了斯芬克斯？」

凌小姐笑了，擺擺手，「除非他能隔空取物。那時斯芬克斯離他大概有兩三公尺遠，而我站在他面前；況且我也提過，我關上門時還看見斯芬克斯好端端地在房裡。」

若平突然想到一件事，「關上房門時妳人應該站在走廊吧？妳說妳看得見？斯芬克斯不是收在盒子裡嗎？」

「咦，我沒告訴你嗎？我把它擺在現在放天鵝那個地方，窗櫺上。」

聽到這句話，偵探從沙發上陡然彈跳起來，好像全身遭到電擊似的。女人被若平的動作嚇了一跳，顫抖地問：「你、你不要緊吧？」

「妳說妳把斯芬克斯放在窗櫺上？妳昨天為什麼沒告訴我？我一直以為你把它收在盒子裡。」

「這、這很重要嗎？我根本沒想到呀！放在窗櫺上與放在盒子裡有什麼不一樣？」

「非常、非常不一樣，不，這實在令人難以置信……」哲學家一手托著腮開始踱步。「真是始料未及……完全說不通……除非那個人瘋了……」他踱了幾步後，搖搖頭，「思路不通，你那本《藍褲老阿伯》可不可以先借我看看？」

女郎帶著疑惑打量了他半晌，才從行李箱裡拿出書遞給若平。

版本與他買的一樣，25開本，黑色的書皮，色彩鮮豔的封面，誇大的廣告詞……印刷還算精美。他大略翻了翻，鼻子嗅了嗅：「這本書好香。」

「噢，昨天早上不小心把一瓶香水打翻在皮包裡，所以不論什麼東西放進去再拿出來後都是香氣濃重。」

「原來如此。」

他再翻了翻書本，皺起眉頭，「妳不覺得這本書有點舊？好像是雷毅自己在看的。」

「是沒錯，不過他竟然說喜歡的話要送給我，但我說會在回國前看完還他。」

「妳有問過謝領隊為何為推薦這本書給妳嗎？」

「沒問，因為我猜想他可能想藉著書本內容暗示些什麼，因此我打算先讀，」她露出疑惑的眼神，「不過我不太了解，很難想像他那種人會看這種書……我老覺得怪怪的……」

「的確是很奇怪，」若平把書遞回給她，「不過，我可以告訴妳，那本書謝領隊大概連摸都沒摸過，也就是沒有看過。」

凌小姐吃了一驚，「什麼？」

「我猜這是推理作家刻意編出來的謊言，或許妳可以去找謝領隊求證，但我不建議……他根本不知情，對案情沒什麼幫助。」

「可、可是為什麼雷毅要說謊？」

「只是我的猜測，就算有他也會否認吧……其實我也還不確定。」偵探摸摸下巴，思考了一下。「對了，你怎麼知道昨晚有化裝舞會？謝領隊好像根本沒通知團員啊！」

「噢，那個，他跟我說那種晚會是以觀眾上台表演為主，而根據他帶團的經驗，我們臺灣旅客太害羞了，根本不上臺，去了也沒什麼意思，所以他乾脆就不宣布有晚會，讓大家在房裡休息。不過他有告訴雷先生，大概是聊天時不經意提及的吧。」

「可是我記得舞會那時遇到謝領隊，他告訴我是因為忘記才沒宣布有化裝舞會。」

「是這樣嗎？那我就不知道了，」凌小姐挑挑眉毛。

若平眼神陡地銳利起來，「是謝領隊邀妳去參加晚會吧？」

她沒有馬上回答。半晌後女人才像下定決心地說：「其實這也沒什麼好隱瞞的……是他邀我沒錯，我提及我有練過舞，他就說晚上有個晚會，可以上臺跳舞，問我要不要一起去。於是我們約在十點；我有早到的習慣，所以九點五十就到了。」

「交誼廳人那麼多，妳們有約個地點等嗎？」

「有，他說先到的人先去佔舞台旁的位置，這樣比較好找。」

「結果他自己卻遲到了。」

「他後來有跟我道歉，說那時要離開房間時，突然想……上廁所。」她忍不住笑了起來，

「可別跟他說我告訴你的。」

「放心。」

一陣沉默。

「到目前為止你有什麼頭緒了嗎？」凌小姐打破沉寂，問。

「有是有，但一切很模糊，也很散亂。妳要告訴我的就這些了？還有沒有其他的？什麼小事都好，只要妳覺得稍有不對勁就說出來。」

「奇怪的事嗎……？這種事發生後都很難記得起來，因為當時不會太在意，」對方沉思了好一會兒，才開口：「真要說奇怪的話，是有一件事，就我剛提到的換床單問題。昨天中午我吃完飯，回到房間時也發現一名侍者在幫我換床單。」

「昨天中午換床單？我們那時不是剛上船嗎？」

「是啊，那時大家的行李都堆在門口，他也順便幫我推進去了，然後兩張床單都換，浴室垃圾桶也清過。」

「原來的床單不乾淨嗎？」

「我是沒仔細看，所以不能確定，」她想了一下，「我那時並不覺得哪裡奇怪，但後來晚上侍者又來換一次，隔天早上又換一次，回想起來不到一天時間內竟然換了三次床單，實在有點奇怪。」

「每次兩張床單都換嗎？」

「中午兩張都換，後來只換我睡過的那張床。」

「不介意……我檢查一下妳的床單吧？」

「當然，那我先把床上的雜物移開。」她站起身，把左邊床上的物品全數挪移到矮桌上。

若平等她弄完後，緩步走到兩張床中間。他先檢查右側的床，也就是沒人睡過那張。白色床單鋪得好好的，上頭的毯子整齊地蓋在床單上，邊緣被收入床底，無異狀。

接下來他檢查左邊的床。不同處只有，床上有睡過的痕跡，毯子被拉起來，整齊地摺疊在一旁。看不出有什麼不對勁。

他又重複查看了一遍，才轉過頭來問凌小姐，「昨天兩次來幫妳換床單的侍者是同一人嗎？」

「這個，我不能百分之百肯定，我只能說，看起來都很像。」

「妳能不能指認出來？」

「我只記得很模糊的輪廓，要我精確指認出來，可能辦不到。」

「妳，」若平突然拋出這麼一個問題，「確定他是埃及人嗎？」

凌小姐一臉吃驚，以不敢置信的語氣回答：「當然呀，為什麼不是埃及人？」

「原諒我這個愚蠢的問題，」他微笑，「我也不知道我在問什麼。」

「噢，」她補充，「至少看起來是埃及人，當然，如果有什麼高明的化妝技術的話，我也看不出來。」

「沒關係，如果沒有其他事的話，就先到這裡吧。有想到什麼的話……再隨時通知我。」

「可以稍微透露一下，」像憋了很久似地，她補上一句：「目前你思考的進展嗎？」

「進展，就跟上吐下瀉的陳先生一樣，不過應該快痊癒了。」
「這算是好消息？」
「看你從哪個角度看它。」
「好吧，我對你有信心，」她給他一個淺笑，然後送他出房。
站在空無一人的走廊上，他開始思考著下一步該如何做。
拼圖的各片逐漸顯露出來，但該如何正確地把它們組合起來？
他在心中盤算了一下，然後走到401號房，敲敲門。
沒人回應。
他走向長廊口。面前，兩個外國人走過來，一個金髮女人帶著一個看起來七、八歲的小男孩，男孩手上的物品吸引他的視線。
是一座斯芬克斯像，與凌小姐的相仿，不過上頭貼著一個紅色標籤，應該不是她的。
這種東西在埃及很多，幾乎每個遊客都會買一個類似的當紀念品。
目送著那對應該是母子的外國人入房後，他想起自己不能再浪費時間。
若平向前右轉，上到頂層甲板。
上頭的景象與昨日無異，擁擠的游泳池、吧台前的大排長龍、憑靠欄杆的遊客。他甚至懷疑這些人是否都是原班人馬。
謝領導在角落的位子喝咖啡、吃吐司。
若平走過去，打聲招呼。

「嗨，」領隊笑著說，「要不要來杯咖啡？」

「謝謝，不必了，」若平微笑，在他對面坐下，「阿布辛貝神殿（Abu Simbel temples）的人數統計，好像大家都要去吧？」

「是啊，一個人一百五十美金，雖然很貴，可是既然來了，不看可惜，那神殿是真的非常宏偉。」

「稍微介紹一下吧，我對這神殿相當感興趣。」

領隊清了清喉嚨，「雖然我看過好幾次了，但百看不厭，那裡的景觀相當壯麗。阿布辛貝神殿是位於亞斯文西南方兩百三十公里處，本應於亞斯文高壩完工後被淹埋於納瑟湖（Lake Nasser）底，但為了保留文化資產，世界各國提供經濟及技術的援助將主神殿及其旁的小神殿鋸成石塊，費時十年，將其全部搬移至原址上方六十公尺的山丘上重建，也就是我們將要坐飛機去參觀之處。」

「真是浩大的工程，想必十分具有參觀價值。」

「當然，阿布辛貝神殿是聯合國教科文組織明定為世界級古蹟，神殿的雕刻、繪畫、人像都是令人嘆為觀止的藝術傑作。」

「聽你這麼一說，愈來愈想看了。聽說『佳富』旅遊他們是搭車去？」

「沒錯，他們好像早上四五點就要起床，然後拉一天的車去，雖然累人，不過亞斯文到阿布辛貝這條公路的景色十分壯觀，是一條貫穿撒哈拉沙漠的筆直公路，到處都是一望無際的滾滾黃沙，坐在車上，你會覺得未知的彼方好像沒有盡頭，有停滯之感，是一種很奇妙的錯覺。」

「雖然坐了一天車，可是非常值得。」

「其實我們坐飛機也不錯，從飛機上俯瞰的景色也絕對值回票價，到時候你親眼目睹就知道。」謝領隊神祕地笑笑。

「雖然期待，但現在在遊輪上的時光也很珍貴啊，我也不願它那麼快就消逝。」

「的確，雖稱不上頂級豪華，但還是相當不錯，十分悠哉。」

「而且十分別出心裁呢。」

「咦，怎麼說？」

「就像今早的浴巾娃娃呀，中午回房間時還嚇了一大跳呢，想說是什麼東西掛在那裡。」

「那個啊，虧他們想得出來，心臟比較沒力的真的會被嚇到呢。不過你也可以繼續期待，明早他們去換床單時會變出不一樣的花樣。」

「是天鵝吧？」若平出奇不意地說。

聽到這句話，謝領隊微微一怔，但很快恢復鎮定，「原來偵探還有預言的能力呢，你是怎麼知道的？」

他笑笑，「浴巾娃娃昨晚在凌霞楓小姐房內就出現過了，今天換天鵝降臨。」

謝領隊似乎一時不知如何接腔，嘴唇動了動，但沒發出聲音。

「凌小姐告訴我她的房間昨天中午換一次床單，晚上也換過一次，可是我的房間昨天卻完全沒換過床單，是不是漏掉了？」他說完後，緊緊盯著謝領隊。

對方凝視了他一會兒，然後移開視線。猶豫了半晌，他才開口：「你是聰明人，什麼事都逃不出你的眼睛，這點小事我想還是說明清楚比較好。」

若平只是靜靜看著他，沒有答話。

謝領隊眼神對著桌上的杯子，說：「其實你也注意到了吧，我跟凌小姐……」他抬眼看若平。「那段跳過去沒關係，你跟我說床單的事就好。我只想知道在這艘船上每個房間的床單一天要換幾次。」

「一次，」他有點不安，眼神凝重，「不，就是因為跟那有關係，我才要說……其實沒什麼好隱瞞的，」領隊兩手交握，解釋。「我才剛離婚，結婚不到幾年。因為職務的關係而有了異國婚姻，但實在很難維持，我也沒有小孩。」他突然抬起頭來笑笑，「做了那麼久的領隊，長期在國外，看多了外國女人，竟然連自己國家女人的韻味都完完全全忘了。結婚前只在大學談過一次戀愛，而且很短暫，一直到最近婚姻破裂，我才開始注意到頭髮顏色與我相同的女人。」

也許長久以來沒有聽眾，謝領隊一口氣說了許多。

「我可以了解。」

「所以，就是這樣了，我嚐到一股許久未曾體驗過的滋味，如此的新生、鮮明的感觸。雖然身處在異國，但使得感覺更奇妙。」他嘆了口氣，「你知道嗎？她也是剛離婚，人生就是有這麼巧的事！兩個剛擺脫婚姻的人在異國相遇，一種奇異的頻率相合，互看一眼便能體會，不需言語……」他停了下來。

「那床單呢？」

「我不知道怎麼對她好，只能做我能做的，」他繼續，「我要侍者在中午換床單，是為了確保房間的整潔性，你知道，他們會順便清理浴室，而且在新客人進來前床單未換洗的例子其實不少，我就遇過。」

「那晚上呢？有必要再換一次嗎？」

「就實用性來講，也許沒有必要，」領隊看著他，眼神柔和下來，「但我想你應能體會，當你把心思放在一個人身上，會不自覺地有體貼的心思。」他強調最後幾個字。

「我懂。」他在心中思量下一個問題。「對了，你也來過埃及許多次了吧，每次坐船浴巾娃娃都會出現嗎？」

「天鵝、浴巾娃娃都有，但順序稍有不同，我記得上次上遊輪後的第一個早晨是先出現天鵝，然後隔天才是浴巾娃娃。」

「娃娃一定都是面對房門嗎？」

謝領隊對這個問題似乎有點驚愕，「當然，它的效果就是要讓房客打開門時，驚見一隻可愛的娃娃吊在天花板對著你笑；娃娃面對房間的話就只能看到它的屁股了。」

「說得也是，」若平喃喃道，「這樣才有它的效果。」

談話暫時中斷，兩個人都盯著自己的手指。

「那麼，不打擾你喝咖啡了，」若平站起身，「還有事，我先失陪了。」

謝領隊深深點頭致意，然後目送若平離開。

※※※

他也不知道自己現在要晃到哪裡，與謝領隊談話後除了確認幾個重點外，還是抓不到方向，甚至那幾個重點究竟是不是重點他也不清楚。

無意識地步向自己的房間。

站在房門前，把鑰匙插入鑰匙孔。

轉動鑰匙的那一剎那，他突然改變決定。

哲學家收起鑰匙，轉身，輕輕敲了敲對面的房門。

陳太太探出頭，一臉疲憊的神色勉強顯露出笑容。「啊，你好，有什麼事嗎？」

「陳先生在休息嗎？我只是想關心一下他的狀況。」

「他正在睡覺呢。」

「在睡覺的話就不便打擾。沒什麼要緊事。」他點了個頭，準備轉身離開。

「啊，等等，正好有些事想請教一下。林先生會英文吧？」

「會的。」

「那請進來吧，我英文最不行了。想請教幾個英文單字。請進請進。」

若平進房。

陳先生轉頭側睡，隱沒在毯子裡。

陳太太從矮桌上拿起一本小冊子，略帶著童稚般的興奮，說：「其實我正在記錄這次的埃及之旅，我私底下有寫日記的習慣……想把這次旅行的過程寫得詳實一點，每個地方都想標示一下名稱，不過不知道英文怎麼拼。」

「這幾天旅遊地點的英文嗎？」

「是的，麻煩你了，這裡有白紙，」她遞上一張空白紙與原子筆。「首先是埃及，就麻煩你寫下了。」

若平寫下「Egypt」。

「埃及博物館。」

他寫下「Egyptian Museum」。

「然後是那三個排在一起的金字塔……名稱我忘了。」

「那應該是Pyramids of Giza，吉薩金字塔區。」他邊說邊寫下。

「還有人面獅身像的英文該怎麼寫？」

「Sphinx。S-p-h-i-n-x。」

後來若平又陸續寫下幾個地名，結束了這場臨時的英文測試。

「真是很謝謝你啊，林先生英文應該相當不錯吧。」陳太太精神似乎又提振起來。

「不敢……對了，陳先生抽菸嗎？」

「抽啊，抽得很兇呢，叫他戒菸講了幾百次都沒用，現在我都懶得開口了。講都講不聽，像這次上吐下瀉也是，一定要吐到虛脫他才肯找醫生。」

「抽菸對身體傷害很大呢。」

「啊，說到菸，昨天倒是發生一件奇怪的事。」

「什麼事？」
「我先生昨天傍晚告訴我，他中午放在床頭櫃的一包菸跟打火機不見了。」
「不見了？」
「其實我懷疑是他自己不知放到哪裡去了……他抱病開始後就有點神志不清，像昨天明明洗過澡了，半夜還爬起來又洗一次。」陳太太嘆道，「唉，人老了，頭腦也開始不靈光了。像我也是。」
「最後菸跟打火機還是沒找到嗎？」
「沒有啊，我也翻遍了整張床，就是沒找到，我在想大概是他自己在外面給弄掉了。搞不好扔進尼羅河裡去了。」
「什麼牌子的菸？」
陳太太說了一個台灣人常抽的牌子。也是雷毅提過的。
「陳先生幾點告訴你東西不見的？」
「大概……六七點吧。」
「在這之前有誰進來過你們房間？」
對方似乎被這問題嚇了一跳，她用不可思議的眼神看著若平，「難道……？」
「這是職業病，沒什麼特別意思。請您仔細想想吧。」
「這個……」陳太太傷腦筋地皺著眉頭，思索一番才說：「我記得那三個女孩有來探望過我先生，大概是在六點那時候吧，時間我真的不確定。」

「她們都有機會接近床頭櫃？」

「事實上，她們就站在床頭櫃旁。」老太太一臉不解，「你該不會懷疑她們吧？那麼好的女孩，看不出來有菸癮。」

若平只是報以一笑，「難說。非常謝謝您告知的消息，那就請您轉告陳先生說我祝他早日康復。」

「會的，非常謝謝你的關心。」陳太太送他到門口，又道謝一遍：「也謝謝你的援助啦，我的日記豐富許多。」

「不謝。」

房門在他面前輕闔上。

不見的香菸。

三名女學生……

該再找她談談嗎？真是好藉口。

他轉頭，發現左側長廊不遠處停著一臺清潔車，上頭塞滿床單、清潔用物品；一名侍者從房內走出，關上門，推著車子往前移動。

若平走上前去。

埃及人看著迎面走來的若平，用英文問了一句「你好嗎」。

接下來，他用英文向船員詢問了幾件事。顯然該名侍者的英文不是頂好，只會一些簡單的會話；若平不懂阿拉伯文，只好盡力用英文溝通。

不知算不算收穫。經過他的詢問，得出下列事實：該名侍者是負責凌小姐房間那一條長廊的清潔工作，通常是每天早上換一次床單，因為旅客早上都有觀光行程，便利用早上旅客不在房內的時間做房間清潔工作，包括換床單、客廳與浴室的垃圾桶之清理、浴室衛生紙的補充、浴巾的更換、馬桶的清潔等，當然最後不可漏掉的就是浴巾的藝術工作——天鵝或是吊在門前的娃娃。

這名侍者的確在昨天中午與晚上更換過凌小姐的床單。他會有印象是因為鮮少有人會在一天換了兩次床單；除非有特殊情況——例如尿床或打翻果汁在床上——才會特別更換。他也記得吩咐他去換床單的人，根據粗略敘述，那人的長相與打扮與謝領隊相符。他說那名「像領隊」的人兩次都當場給他小費，要他立刻去更換，而且小費給得相當優渥。

那兩次的床單有沒有不乾淨的跡象？侍者回答沒有。

第一次兩張床單都換，第二次只換左邊的床單。雖然他沒有特別注意，不過察覺不出有更換的必要。

兩次他都有清理浴室的垃圾筒，不過其實筒內根本沒什麼垃圾，而馬桶也乾乾淨淨的，他只稍微沖洗了一下。

對於這種不尋常的情況他也沒想太多，大概是房間主人很愛乾淨吧！

為了謹慎起見，若平也順便詢問了有關房間備用鑰匙的事。備用鑰匙只有一份，而凌小姐房間那條走廊的鑰匙昨晚都好好地鎖在辦公室內，只有開凌小姐房間時被船長拿出。

若平給了他若干小費後便讓他繼續工作。

偵探漫步到407號房前。

從右手邊算來，401、403、405、407住的依序是謝領隊、林宇翔與林欣涵、程杰晉夫婦、凌霞楓小姐……

他想起林宇翔說過的話。塞東西……？

也許該再找他問看看。

若平在交誼廳找到男孩，裡頭只有他一個人在。

「大哥哥你好，」林宇翔眨著眼睛，「我竟然在這邊撿到錢呢。」他出示一塊美金，把它遞給若平。

「噢，你運氣真好，」若平將錢還他，「我是想問問你，你昨晚看到韓琇琪大姊姊在門下塞東西，能否精確說出她究竟是站在哪一間房間前？」

林宇翔歪著頭想了一會兒，「我已經說過我不能確定，反正不會是第一間就是了。也不是第二間，那是我的房間。我想應該是第三間以後。」

「你能確定是第三間還是第四間嗎？」

男孩又想了一會兒，「我想應該是第三間吧，不過我不是很確定喔。」

「沒關係……」若平擺擺手，「這樣就夠了。」

「啊，說到奇怪的事，其實還有一件呢。」林宇翔若無其事地提起。

若平眼睛一亮，「什麼事？」

男孩指著長廊盡頭的那一扇門，說：「那是緊急逃生門吧？昨天下午我們參觀神殿後，我在船上閒晃，晃到門邊感到好奇，就把它打開來想看看後邊是什麼，結果只看到一道階梯通到樓下，到處都髒兮兮的。正想關上門離開時，突然瞄到右邊角落放著一個行李箱……」

「行李箱？哪一種？」

「就那種可以拖行的旅行箱啊！紅色的。我覺得很奇怪，旅行箱怎麼會被丟在那裡，看起來又不舊。」

「然後呢？」

「我本來想把它打開看看，但上鎖所以作罷，接著我就離開了。不過……昨晚十一點半左右，我又到逃生門後邊去看看，結果發現行李箱不見了。」

「不見了？這可真有趣。」

「大哥哥，為什麼會有人把行李箱丟在那邊啊？」林宇翔眼鏡後的大眼閃爍著。

「我也希望能回答你這個問題，不過很抱歉現在我沒有答案。」

「是這樣嗎？那等你找到答案後一定要告訴我喔！」

「我會的，謝謝你的情報，」若平拍拍他肩膀，「還有，那一塊美金最好是把它留在原地，也許失主會回來尋找。再見啦。」

說完他離開交誼廳，朝自己房間走去。

下午調查得夠多了，現在回房用筆記本整理。已經開始有點頭緒了。

用鑰匙打開房門，要將門關上之際，他突然覺得自己好像踩到什麼東西。

低頭一看，是一張白色的紙。

他立刻彎腰拾起。

將折成長方形的紙張攤開一看，上頭寫著的文字令他陷入沉思。

9

靈光乍現

晚飯八點開始供應，今晚仍舊是吃套餐，不一樣的是，今晚是燭光晚餐。多名侍者在一片黑暗中端著飾有一支小巧蠟燭的盤子在餐桌間穿梭，猶如在暗夜中漂泊的螢火蟲群；昏暗的光線伴隨著菜香，有如夢似幻的感覺。

若平望著眼前盤上的蠟燭，矗立著，不斷地垂淚；他跌入了燭光所鋪設的溫柔氛圍中。在這尼羅河上的夜晚裡，媚惑，主宰著一切。

他的對面坐著張喬音、嚴雅晴、韓琇琪三人。三人形成自己的小圈圈，後兩者偶爾會與若平聊幾句、禮貌性交談，前者則是半句都無。不知道是不是自己的錯覺，若平總覺得張喬音的眼神有意迴避他。

用完了這道無言的晚餐，他信步上了頂層甲板，靠在欄杆旁，沐浴在這靜謐的異國夜晚。回想起這段旅程的種種，就像各種色彩糾結在一起，各自擴散與延展，但在它們呈現有意義的圖像之前，卻都夭折了。

他深深地望入尼羅河。那嫵媚漾動的水波回望著他。

就在他神往之際……

「你在發什麼呆？」

不知在何時，何刻，一道嬌小的身形停佇在他身旁。

她望著底下的河水，用側影面對他；黑髮沿著她的面頰垂下，長長的睫毛飾點著黑夜裡的另一點星光。

「妳終於來了，」若平笑道，「原來妳也會玩從門底下塞紙條的遊戲。」

「這樣比較方便啊，你很準時赴約喔。」

「守時是我的原則。」

「那很好。對了，你剛剛在思考什麼？」

「很多事。」

「想什麼？」沈珞文轉過頭來，也微笑，「你看起來心事重重。」

「真的嗎？」

「是啊，不介意告訴我嗎？」

「不介意。」

「我猜你在想昨晚的事。」

「昨晚什麼事？」

「失火的事，還有你們團員東西被偷的事。」

「看來我不擅掩藏心思。」

女孩又笑了，「也不是啦，只是你除了解謎大概也不會想其他事了吧。」

「倒也不是，職業病罷了。」

「好吧，你沒忘了我們的約定吧？」沈珞文打開皮包，掏出一張像是從小筆記本撕下來的紙片，遞給他，「這是我寫的詩。」

若平接過紙片，上頭標題寫著「迷雨」，內文如下：

雨過雙眸綻流瑩，
田間霞色煙織景，
人凝霧塚頻回盼，
失魂月影暫伴星。

「你是文藝少女。」若平評論道。

「這首詩有絃外之音喔！」

「哦？」

「一般詩不是都有言外之意嗎？你可以推敲看看，明天再告訴我答案。」

「妳可以現在說。」

「發揮一點你偵探的功力吧……你的詩呢？你該不會忘記了吧？」

「真抱歉。」

「算了，原諒你，我知道你很忙。不過，」女孩撩撥前額的頭髮，「你可要補償我喔！告訴我你現在正在思考的案子！這就是你的心事吧！」

他想多看一遍那首詩，好像捕捉到了什麼。不過現在卻得在絃外之音與詭異案情間作選擇。

「好吧。我告訴妳。」

「我有在聽喔。」

若平遲疑了一下，說：「不過這件事我不希望妳跟任何人說。」

「放心吧，我不是大嘴巴，」她拍拍依偎在身體左側的小熊，「不過小熊也可以聽嗎？」

「當然可以……我相信他不會對別人說的。」

「那你開始吧。」

若平停頓了一下才開口：「你也知道昨晚我們一位團員的皮包被偷吧，後來我們聊天時她不是來找我？」

「嗯，沒錯。我就是猜說她一定委託了你調查什麼事吧？」

「其實她的房間裡有東西失竊，但不想聲張，因此私下委託我調查……」

他將事情的來龍去脈一五一十地告訴她。包括他自己的初步推論、凌小姐、林宇翔提供的線索等等。

「聽起來好像很單純又很複雜……」女孩皺著眉頭，說道。「那你有任何頭緒了嗎？」

「很混亂的頭緒……我覺得我還沒摸對方向。」

「是嗎？那窗簾起火的原因你查出來了沒有？我們昨晚就是討論到這裡呀。」

「那其實很簡單，只要看過某部推理漫畫的人應該都猜得出來。要讓窗簾起火，竊賊人可以不必在窗簾邊。」

「那要怎麼點火？」

「只要用簡單的定時裝置就行了，說穿了實在有點愚蠢，不過相當方便。事先在兩邊窗簾的牆板上安裝截掉煙蒂的香菸，然後用膠帶往壁板上黏好。從牆板上的縱向燒痕長度判斷，我估計兩邊大概只各安裝了一枝菸。從菸草判斷，該種菸燃燒時間約十分鐘。窗簾從點火到燃燒至被人發現的火勢所需時間約十五至二十分，窗簾起火燃燒是十點二十分的事，逆推回去，竊賊點燃香菸應該是九點五十至五十五分時。至於安裝香菸的時刻，有可能就是那段時間，或更早些。」

「如果我沒聽漏的話，你好像有提到你們團員有人失竊香菸。」

「沒錯，這相當具有啟發性，但似乎不具決定性……這暫時擱一旁，先來看嫌犯人選，依據我剛剛敘述的初步推論，凌霞楓小姐跟我不算，旅行團員加上領隊導遊共十五人，排除掉物理情況上不可能犯案的三個人──謝領隊、導遊穆罕默德、雷毅──剩下的十二人中，目前好像無法確切排除任何人。」

「總之，簡單說就是你現在還無頭緒就是囉？」她攤攤手。

「至少矛頭不知要指向哪裡。」他搖搖頭。

「對了，你說的那個浴巾娃娃，我倒是有想到一點……不過其實沒什麼幫助。」

「說來聽聽。」

「竊賊掛錯它的方向，代表他不知道浴巾娃娃的意義吧？我的意思是，娃娃面對房門的意義。」

「沒錯。」

「那麼這點就對你們領隊有利了，因為他來過埃及那麼多次，不可能搞錯娃娃的方向吧？但如你所推論，他已從嫌犯名單剔除……」

「很好的思路，除非他眼睛有問題。」

「好吧，那我們基本上剔除掉三人了，林政達先生一家人中的小女孩林欣涵據你描述還太小，我認為可以排除，這樣就剩下十一人。看來要決定誰是真兇，必須要有決定性的推論。」

「這個推論目前還不見蹤影。」

「也不見得啊。我猜陳國茂先生的菸失竊應該是被竊賊拿去做定時裝置了吧，那有機會進房間拿菸跟打火機的人應該就是兇手了。照你方才的敘述，只有張喬音、韓琇琪、嚴雅晴三人。」

「是這樣沒錯，但……」

「等等，我想到一個可能，」沈珞文兩手在胸前交握著，「可是好像有點荒謬……如果竊賊是陳先生或他太太，那菸跟打火機就不一定是要其他進過房間的人偷的吧？陳先生的裝病可以是障眼法。」

「可是如果他是竊賊，他何必向陳太太抱怨菸不見？這不是愈少人知道愈好嗎？」

「可能解釋是，他知道定時著火裝置遲早會被查出，宣揚自己菸被偷就會被認為是受害者，嫌疑自然不會落到自己頭上。如果是這樣，因為陳先生的不在場證明由陳太太作證，因此陳太太會是共犯。」

若平搖搖頭，「太複雜的心理戰術，妳自己都覺得荒謬了。」

「難道其他線索沒有幫助嗎……」女孩托著腮，思考起來。「那個換床單的侍者呢？搞不好是他昨天換床單時發現凌小姐房內的斯芬克斯，十分中意，然後趁著舞會進行時拿著備用鑰匙進房偷了東西……」

「那凌小姐皮包被偷又要怎麼解釋？難不成是他又繞到交誼廳偷皮包？」

「唉唷，不要抓我漏洞啦，」沈珞文扮了個鬼臉，「這些問題應該你來回答耶。」

他嘆了口氣，「對了，我有個小問題想問妳。」

「問吧，什麼事？」女孩的眼神透露著好奇。

「謝領隊替凌小姐換床單的舉動，妳能體會嗎？」

小熊的主人正視他，反問：「你怎麼解讀？」

「心細的男人有這種體貼的表現，不是不能理解。」

沈珞文歪著頭想了一下，說：「這可能有點岔題，不過人類有很多行動所表達的，並不是表面顯露出來的意思，但旁人解讀卻常礙於表象，而忽略了隱藏在背後的真正意涵……我想感情也是如此吧。」

「感情……」他慢慢咀嚼這兩個字。「表象……真正意涵……」偵探突然張大雙眼。女孩狐疑地盯視著他。

「老天！原來如此！」他叫道，雙拳緊握，迸出微笑。「好個見樹不見林！多虧妳的提示！」

「呃……到底發生什麼事啊？解釋一下好嗎？」

「一個半小時後我們在這裡碰頭，屆時，我會回來告訴妳真相！」他轉身快步離去。

「等等嘛！你要去哪？」

「我去確認最後的線索，然後，」他戲劇性地停頓了一下，「去拜訪『兇手』！」說完若平頭也不回地飛奔而下，留下夜色籠罩下，一臉愕然、尚未反應過來的女孩與小熊。

※※※

三步併作兩步，他飛也似地下了階梯，閃過兩名正要上樓梯的外國人，連道歉也沒說，若平快步拐向左側，進入長廊，然後在407號房停下。

他快速敲門。

門開了，凌小姐現身。

「有進展了？」她問。

「我要來個總複習，可以進去嗎？」

「什麼總複習？噢，算了，你先進來吧。」

女郎如往常一般，往床沿一坐，等著若平開口。她還穿著白天出遊時的衣服，應該是還沒洗澡。

若平沒有坐下來，他站著問道：「我想要把事件從頭到尾再確認一遍，就從昨天上船開始好了。你把上船後一直到發現斯芬克斯被竊間的行動告訴我。盡量詳細一點。」

「噢？好……昨天上船後先用午餐，用完我在一樓大廳領了鑰匙後回房，稍微梳洗一下便再下樓集合，跟著大家去神殿……下午的行程細節也要詳述嗎？」

「不必，從回船後開始。」

凌小姐刻意看了若平一眼，「我不知道這對你有什麼幫助，不過……還是照實說：回船後謝領隊邀我到頂層甲板喝咖啡，接著就去吃晚餐……」

「等等，妳們咖啡喝了多久？昨晚我們回船是六點左右吧？妳們一回船就直接上甲板去了？」

「對。至於喝多久……應該有將近兩個小時左右吧！因為我記得我們直接到一樓大廳等團員，然後再下樓吃晚餐。」

「謝領隊十分健談吧？我想他昨天應該是談笑風生。」

「你怎麼知道？他的確十分會說話，也相當幽默；與他談話你會不自覺想聊下去……不過……」她眼神陡地暗下。

「不過？」

「不知道是不是我的錯覺，他今天心情似乎不太好，不怎麼說話，也沒有來找我。」

「妳沒有問他嗎？」

「問了，但他含糊帶過。」

這時眼前的女郎展現出一種若平未曾見過的情感。

但現在不是感性的時候。偵探繼續追問：「我相信他會好起來的，不過讓我們繼續。吃完晚飯後妳就回房了吧？」

「嗯，那時大概八點五十分左右，我回房歇息了一下，然後開始做晚會的準備。」

「一直到赴會前妳都沒有離開過房間？」

「沒有。」

「離開房間前妳有親自確認過斯芬克斯的存在嗎？我的意思是，例如摸摸它，確定它的實質感……」

「你在說些什麼呀，難道你認為我昨晚離房看到的斯芬克斯只是幻影？太荒謬了。我把它拿起來把玩一番，放好才離開房間的。」

「我相信妳。接下來跳到妳回房後，發現東西失竊……從船長用備用鑰匙打開門後一直到妳找我進房這段期間，有其他人進過妳房間嗎？」

「當然沒有，」她用不可置信的語氣說，「鑰匙我帶在身上，也沒有人來找我。」

「我知道了，」若平深思，「還有一個問題，還沒參加這旅行團前，妳認識邱憲銘先生嗎？」

凌小姐似乎微微吃了一驚，「當然沒有！你怎麼會這麼想？其實我連話都還沒跟他說過呢！」

「妳對他印象如何？」

「這……雖然他似乎心事重重，但感覺上是非常有教養的人。談不上有什麼特別的印象。」

「其他呢？」

「就這樣了吧，我並沒有特別注意他。」

「非常謝謝妳，我想我的問題就到此結束。」

「嗄？」女郎露出訝異的表情，「那麼……」

「放心吧，沒有什麼意外的話，斯芬克斯明日將重回妳的懷抱……也非常謝謝妳相信我的能力，把這件事交託給我。就這樣了，祝你好夢。」他微微對凌小姐點個頭，留下擔保的微笑，沒等她回答便轉身輕闔上房門。

※※※

在房間內，他振筆疾書了一陣，放下筆，審查一遍內容。然後起身。

他步上走廊，走到311號房前，確定四周沒人後，將紙張從門縫下塞入。

然後他快速離開。

※※※

遊輪的房裡。

他沉思著。已經沉思一段時間了。

房裡雖有空調，但他卻感到窒悶，心頭糾結，很有可能是心理作用，因為空調並沒有壞。

紅色行李箱被打開，丟在床邊，裡頭的東西井然有序地擺著。他的目光移向箱中的內容物。

原本應該要放在裡頭的，卻發生了意外……

他嘆口氣。思緒轉回。

他不知道那個人知道多少，但從他下午的談話看來，他一定知道某些事。

早就應該要有心理準備，當來到埃及的第一天，知道那個人的身分後，他就應該有所警惕，不該冒險。

但他也對自己有自信。那個人不可能知道的。

絕對不可能。

每一步都經過精心計畫，不在場證明無懈可擊。況且沒有證據。

不過整件事回想起來，好像是一個錯誤。開始後悔自己為什麼那樣做。

為什麼人總是等到做了之後才後悔？

想這無濟於事，現在最煩心的，到底是誰拿走了——

叩叩。

有人敲門。

這麼晚了，會是誰？有問題要他處理的話應該會打電話……難道是她？

他疑惑地從沙發上起身，整了整衣服、頭髮，環視了房間，確定一切體面後，便朝房門走去。

他先從門上的貓眼探視。

是那個人。

那個人若無其事地站在門前，輕鬆等待。

難道他已經知道了？

本能的警戒升起，他猶豫著要不要開門，但不開門的話不就等於默認？

叩叩。

他決定開門。

「啊，抱歉，」門開啟後，那個人說道，「這麼晚了還打擾你，還沒睡吧？」

「還沒，有什麼事？」他維持鎮定。

「其實沒什麼……只是……有點不好啟齒，」來訪者露出不好意思的神情，「我進不了我的房間。」

「忘了帶鑰匙嗎？」

「不不，我有帶，不過打不開。從一上船後我便有這個困擾，房間的門不好開，鑰匙插進去後，好像還要朝某個方向轉動……不是只是單純地往右轉。」

「那你這幾天是怎麼進去的？」房間的門的確不好開，要有訣竅。

「有時候拜託隔壁團員，有時候我自己亂轉，不過都抓不到訣竅……現在太晚不好意思打擾隔壁鄰居，因此來找你，你可以示範一遍怎麼開門嗎？我一直想搞懂，問題一定要解決。」

原來是為了這種事，他點頭，「那到你房間，我示範一遍給你看。」

「不必麻煩了，就在這裡用你的房門示範給我看就行，不想太勞煩你。」

「這樣嗎，好吧，我去拿鑰匙。」

他拿了鑰匙，步出房間，然後把門關上。

「訣竅是什麼？」那個人站在一旁，問。

「很簡單，把鑰匙插入鑰匙孔後，往前壓，維持壓的動作向左轉半圈，然後再往右轉……」

他把鑰匙插入孔內，就在那一刻……

糟糕！他感到自己停頓一下，而那一剎那的停頓已經被那個人發覺了。

他轉過頭。若平看著他。

「好奇怪，」偵探面無表情地開口，「你那把鑰匙上頭明明刻著407，但你的房間號碼卻是401，難道這樣也可以開門嗎？」他上前一步，右手放到鑰匙上，速度快到無法被阻擋。

他放下手，頹然站立一旁，沒有阻止他。

若平照著要訣轉動鑰匙，門應聲而開。

他恍惚起來，耳畔鳴響著若平的質問：「為什麼407號房的鑰匙可以開啟401號房的門？」

10

關鍵之鑰

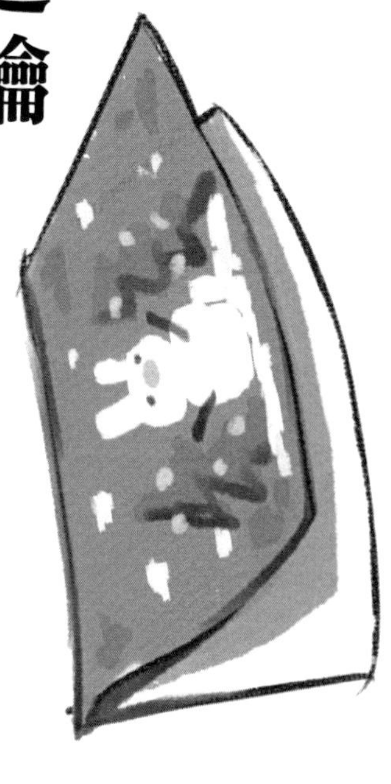

「咦？你要告訴我偵探故事？」沈珞文右手掌握住胸前的左拳，欣喜地說。
「嗯，而且是剛落幕的真實事件。很高興妳還記得要來這裡。」
異國夜晚十一點，一男一女坐在拓荒者號空無一人的頂層甲板，俯瞰著低語的尼羅河。
「你說一個半小時後，那正好是十一點，還算準時。」她摸摸小熊的頭。然後抬眼問：「趕快說吧，我可是很好奇呢！」
「當然，我就直接切入正題吧！」哲學家清清嗓子，暑假可沒有這種機會大開講座呢！「妳準備好了吧？」
「嗯，」坐在對面的女孩專心地凝視著他，兩手各握著坐在膝上皮包的小熊之左右手。她那天真的表情就像無瑕的小學生等待著老師傳授知識，俏麗的短髮、清麗的面容則又讓她看起來像大學生。
「仔細分析整個案情，我們所得到的表面狀況是如何？首先，有東西失竊了，凌霞楓小姐的斯芬克斯失竊，明顯是一件竊案。最基本地，我們先來定出可能的犯行時間，依據證詞，凌小姐九點五十分離開房間時確定斯芬克斯仍在房內，接著她離開房間參加晚會，一直到十點十四分鑰匙都未曾離身，接著她上台，皮包被掛在柱子上，至此也沒有人接近皮包；十點二十一分水晶燈熄滅，十點三十分發現皮包失竊；十點四十分在二樓廁所找到皮包，發現鑰匙失竊；十點四十五分凌小姐回房發現斯芬克斯失竊。照這些事實來判斷，基本推理是：房間內的斯芬克斯是在十點二十一分至十點四十五分之間的某個時段遭竊，這段時間沒有不在場證明的人必定是犯人。至此同意嗎？」

「嗯，基本上同意，但是我想到一種可能性，可以推翻你的說法。」

「看來妳的推理真是進步神速……請說，我洗耳恭聽。」

「犯人的計畫在於誤導我們認為行竊時間是在你說的那段時間，也就是說，只要在這段時間他能取得不在場證明，就不可能會被懷疑。若此，他就必須在這段時間以外用其他手法竊取斯芬克斯。依事實看來，他必定是在十點二十一分前行竊。」女孩認真地說道。

「哦？什麼手法？十點二十一分前房間鑰匙都在凌小姐皮包內，難不成她眼睛花了？」

「噢，當然不是，有個很簡單的解答……當我想起昨晚船長是怎麼打開凌小姐房間時我就明白了。鑰匙為什麼只能有一把？還有備用鑰匙啊！既然原本的鑰匙不可能被竊，那還有備用鑰匙可用啊！犯人就是利用備用鑰匙來製造不在場證明！」

「相當好，」若平微笑，「繼續，把它說完。」

女孩失望地望著他，「從你的反應看來，你是已經考慮過這個可能性了？算了……我的意思是，犯人打的如意算盤是這樣：為了誤導我們所認定的行竊時間，他先在交誼廳佈好自動起火裝置，接著確定凌小姐離開房間後，拿著先前從船員辦公室偷到的備用鑰匙進入她房內偷走斯芬克斯，再悄悄歸還備用鑰匙，接著趕到交誼廳參加舞會，替自己製造不在場證明。水晶燈熄滅後他偷了凌小姐的皮包，溜到廁所，棄置皮包、拿走鑰匙，再打開她的房門將鑰匙丟在門後……」說到這裡她突然打住，輕輕摀住自己的嘴巴。

「你也發現不對勁了吧？」若平提醒，「照你這麼說的話犯人還是沒有不在場證明呀！因為他後半段的行動還是得離開交誼廳，而那段時間正是我們的基本推論所設定的可能行竊時間……

如此先前用備用鑰匙開門的舉動不是多此一舉？」

「等等……我還沒認輸呢！」女孩舔了舔嘴唇，整理一下思緒，再度開口：「依照我的假設，犯人的主要計畫是在於不在場證明，那嫌犯人選必定是之前你剔除掉的三人——謝領隊、導遊穆罕默德與雷毅；雷毅可以完全排除，因為他與凌小姐一同赴晚會，之後就一直待在交誼廳，沒有離開過半步。犯人必定是剩下的兩人。」

「但你還是沒有解釋——」

「我正要解釋！犯人在偷了凌小姐皮包後，並沒有把它帶離交誼廳，而是將它藏起來！」

「藏起來？」若平臉上並無訝異神色。

「沒錯，因為不在場證明的緣故，他不能從眾人視線前消失，但又要造成『皮包被帶離交誼廳的假象』，因此他只能將它藏起來。」

「藏在哪裡？」

「隨身的背包！你們導遊並沒有揹東西吧！但領隊有，一個隨身行李箱！只要事先將裡頭的東西清空，塞進一個不算太大的女用皮包應該不是問題；之後凌小姐發現皮包不見，謝領隊與導遊不是有下樓去找船長協助？就是在那時候領隊把皮包棄置廁所，並取出鑰匙帶在身上。接著，船長用備用鑰匙打開凌小姐房門後，他再趁大家不注意時把鑰匙扔進去……如此一來障眼法就完成了。」

「推理女神探，妳做得相當不錯……不過妳還記得嗎？船長打開房門時鑰匙就已經卡在門後了，謝領隊根本沒有機會把鑰匙扔進去。」

「可是……」女孩揚起手想爭辯，但又靜默下來，「老實說我記得不是很清楚。」

「但我記得相當清楚，照昨晚情況看來，謝領隊完全不可能有機會把鑰匙扔進去。那太明顯了，一定會馬上被發現。」

「好吧，」沈珞文看起來有些喪氣。

「不過其實妳的推理對了一半。」

「咦？」女孩一臉驚愕，「哪一半？」

「犯人的身分、不在場證明的誤導、皮包被竊的方法。」

「犯人真的被我矇對了？那我要聽聽你的版本，」她又恢復到原本的期待神情，「抱歉讓我的爛推理佔了你太多時間。」

「別這麼說，我不是說妳說對了嗎？我只是稍微修正補充……妳所說的不在場證明誤導的確沒錯，犯人就是想用各種表面事實讓我們認定斯芬克斯是在十點二十一分至十點四十五分之間被竊，而實際上，他在十點二十一分之前就已經完成偷竊。」

「還是利用備用鑰匙嗎？」

「不，是另一種方法。關於備用鑰匙的可能性我考慮過，所以有確認備用鑰匙的狀況。鑰匙整晚都待在辦公室裡，除非辦公室的船員或船長涉案，否則犯人不可取得鑰匙；況且若是使用備用鑰匙，那整個案子中便有許多疑點無法得到解釋。今天我從淩小姐口中得到了一條相當有用的線索，藉著這條線索，我才了解犯人是如何在十點二十一分前進入房間行竊。」

「什麼線索？」

「凌小姐告訴我她昨天打翻了一瓶香水在皮包中，因此不論什麼東西放入皮包後再拿出來，都會沾染上那股香味。」

「這有什麼發人深省之處嗎？」

「有，而且相當重要。昨晚船長用備用鑰匙打開凌小姐的房門、在門後發現房間鑰匙後，我曾借了那隻鑰匙來檢查，你還記得吧？」

「嗯，我印象很深。」

「那時我下意識地把鑰匙湊進鼻頭，所聞到的是木棒上固有的原木味，鑰匙上則是銅臭味！但這怎麼可能？鑰匙從昨天中午就待在凌小姐皮包內，一直到晚上，照理說整支鑰匙應該都散發著香水味才對！尤其是她那香水的氣味是那麼特別！

「理應沾有香水味的鑰匙卻沒有香水味，那麼能做出的唯一結論就是，那支鑰匙從頭到尾都沒有進駐過凌小姐的皮包。」

女孩皺起眉頭，「但這怎麼可能……」

「我本來也無法置信，因為如果是這樣，那凌小姐用來進出房間的鑰匙到底是哪一把？

「這點先不談，我來告訴妳凌小姐昨天上船後的行程。首先是中午一上船便用中餐，用完中餐後進房梳洗，然後下樓集合，下午參觀神殿，回船後與謝領隊上甲板聊天，聊到晚餐時間，下樓吃晚飯，接著回房休息，快十點時離房參加晚會……妳會發現，需要用到鑰匙開門的時段只有兩個：午餐後和晚餐後。

「依照先前推論，凌小姐手中的鑰匙並不是她房間的鑰匙，因此不可能用來開啟房門，但她明明進了房間兩次，仔細回想，在這兩次的場合，她是怎麼進房間的？」

女孩深深吸了一口氣，「我知道了！是床單！」

「沒錯！床單！多麼高明的障眼法，完全誤導了我們的思考方向……犯人要侍者去換床單的目的並不是在於床單本身，而是在於進行換床單這件事必定會導出的動作，也就是替凌小姐開門！」

「虧他想得出這種方法……那麼凌小姐手上的鑰匙是……」

「是謝領隊的，能做到這個詭計的人，只有發鑰匙的謝領隊一人。他在昨天中午分鑰匙時，把自己的房間鑰匙分給凌小姐，自己則拿了凌小姐的房間鑰匙，為的是能夠在自己刻意設計的假犯行時間之前潛入房內偷竊，完成後再替自己製造不在場證明。」

女孩深深皺眉，「兩人交換了鑰匙……還是不合理吧！鑰匙上有號碼呀！若謝領隊給了凌小姐自己房間的鑰匙，那她應該會照上頭的號碼進到謝領隊房間啊！」

「的確，這個問題一開始也困擾我，但當我想到兩人的房間號碼時，一切疑問就煙消雲散。」

「怎麼說？」

「謝領隊的房間號碼是４０１，凌小姐是４０７。你看出什麼了嗎？」

「兩個房間距離很近……」

「再給你一個提示，房間號碼是刻在繫著鑰匙的木棒上……」

「啊……」

「你不覺得數字1跟7很像？只要在1的上方刻上一條橫向的短直線，1就變成7了！」沈珞文露出恍然大悟的神情，「你是說謝領隊在401的鑰匙上動手腳，讓凌小姐進入407的房間？」

「沒錯，凌小姐雖然拿到錯誤的鑰匙，但還是進入對的房間，她完全中了謝領隊的計策。關於房間分配與鑰匙分配，都是領隊在主導，因此才能隨心所欲地完成這個數字上的騙局。」

「不過，換鑰匙的方法風險也太大了吧，萬一凌小姐出門後臨時又想進房間，發現鑰匙不合，那一切計畫不就毀了？」

「不會……」若平搖搖頭，整理一下思緒，「這樣一項一項講太凌亂了，我從頭仔細把謝領隊的計劃分析整理一遍吧，順便解明各項疑問。」

「嗯。」

「從前晚開始，謝領隊萌生偷竊斯芬克斯之意，於是開始計畫他的行動。關於動機，我等一會兒會說明，先談談他的犯罪計畫。

「謝領隊頭腦非常仔細，他知道以他與凌小姐的關係而言，若凌小姐有東西失竊了，嫌疑有可能會落到他身上，於是他決定設計一場不單純的偷竊，重點在於讓自己擁有不在場證明。他所設計的方法的要旨是，先潛入目標房間行竊，接下來製造假犯行時間，同時取得不在場證明。

「必須提醒的是，謝領隊是有最大機會知道凌小姐會把鑰匙放在皮包內的人，因為他與她接觸機會最多，如果不能確定這點，那不在場證明詭計就無法實行了。

「要玩弄這個詭計所要克服的困難有三個：一、鑰匙上的房間號碼問題，也就是說，如何讓凌小姐進入『錯』的房間；二、必須消除一切凌小姐使用鑰匙的機會；三、謝領隊進入自己房間的問題。

「第一個問題已經解釋過。不管領隊是不是事先知道旅客的房間分配名單，只有要足夠的數字，都很好動手腳。十六個人分配房間，總不可能數字1與7都不會出現吧？就算沒有1、7，其他的6、8或7、9或5、6……等等，也都容易互相變換。因此只要有足夠的數字範圍，其中的分配工作都可由他任意執行，他自己私下調換房間也沒人會發現，反正團員領鑰匙都是領隊在處理，住宿分配表也在領隊手中，恰巧房間號碼都是刻在木頭棒上，他只要找來適當工具技巧性地修飾一下，就可以把凌小姐瞞騙過去。再者，繫著鑰匙的木棒都已十分老舊，上頭不少剝落痕跡，更是有利於號碼的刻蝕變換。

「如果你觀察仔細，會發現他非常細心，做得相當徹底。一般領隊照住宿名單發鑰匙時，都是只叫團員名字，然後就把鑰匙交給該名團員，不會再順便把房間號碼給念出來。但昨天中午他發鑰匙時是如何呢？他是先叫名字，然後把鑰匙交給團員，同時再念出房間號碼！而且每個人都不漏掉……這麼做的用意在哪裡？其實就是要給凌小姐一個心理印象：她的房間是『407』號房！」

「原來是這樣……」沈珞文點頭。

「縱使在鑰匙上動了手腳謝領隊還是不放心，因此在心理層面他又刻意多了這層設計；但如果發鑰匙時只念出凌小姐的房間號碼，會顯得相當奇怪，因此他乾脆每一個人都念。這麼做不但沒什麼奇怪，還會讓人覺得他是相當盡職的領隊，就如同他一直以來給人的印象。」

女孩專注的神情略過一絲凝重，好像在感嘆人類心機的深沉。「真是工於心計。」

「這是聰明犯罪者的共通點……關於鑰匙號碼的問題已經解決，現在來探討第二點：消除凌小姐使用鑰匙的一切機會。這點就比較困難，要怎麼讓凌小姐能進入房間卻不用到鑰匙？不能完全不讓她進入房間，如此鑰匙的存在感就消失，事實上也不可能做到，總要讓她回房間休息吧！如果能讓她進入房間幾次，還能製造出『鑰匙有用』的錯覺，這是最好的，理想上要減少凌小姐進入房間的次數；至於不利用鑰匙就進房間的方法，則利用侍者的備用鑰匙來完成。這是整個計畫的梗概。」

「了解，」女孩頷首。

「接下來是實際的行動。陷阱從昨天早上就已經佈下，你也許聽我提過，我們驅車前往遊輪途中曾經過兩個下午會去參觀的神殿，謝領隊告訴我們行程更改，原本兩個神殿都是排在下午參觀，但改成其中一個早上參觀，再上遊輪；結果才參觀了一會兒他就宣布午餐時間已到，剩下的部分下午再來參觀。」

「原來你們昨天中午前先去參觀神殿……難怪午餐遲到了。」

「沒錯，午餐遲到，這就是整個計畫的第一個陷阱。」

「這裡頭有什麼陷阱？」女孩不解地問。

「想想看，午餐遲到與不遲到有什麼區別？如果我們在午餐前就到達，那一般領隊會做什麼事？當然是發鑰匙給團員讓他們回去休息，等午餐時間一到再下來用餐！」

「啊！也就是說，遲到的話可以減少凌小姐進入房間的一次機會！」

「沒錯，這就是昨天謝領隊更改行程的真正用意，他故意延遲用餐時刻，如此可以名正言順，一到遊輪就立刻讓大家用餐，減少團員一次進房的機會。

「我也注意到，昨天中午用餐時謝領隊最先離席，他應該是算準了時間，在那時吩咐侍者去換床單，接著再分發鑰匙讓大家回房休息。鑰匙號碼的把戲也可能是在那時處理的，我知道他的隨身背包裡有一把瑞士刀，可供他變更鑰匙棒上的房間號碼。」

「接下來呢？」

「再來就是下午的行程，這一切都是計畫好的，如果能耗愈多時間在外頭愈好，因為回船後旅客進出房間機率也就大，而計畫的目的是要減少凌小姐進房次數。因此昨天下午的行程拖得滿晚的，結束參觀回船後已經是六點多。一回船謝領隊馬上邀凌小姐到頂層甲板聊天，為的是不讓她進入房間。」

「可是真的能那麼順利嗎？他那麼有把握掌控一個人的行動？」

「他當然得確定會成功才去實行。其實會選擇掉換鑰匙這個計畫，是因為實行起來對謝領隊有利。以他的立場而言，要操控凌小姐的行動不是難事，就算有什麼突發狀況讓凌小姐想要回房，他也有信心利用這項優勢來扭轉。這項優勢在邀約這點而言便起了效用。謝領隊巧妙掌控話題，一直聊到晚餐前，如此的作用在於，可以順勢下樓吃晚餐！也許謝領隊很自然地就說晚餐時間已到，就順便告訴凌小姐一起到一樓大廳集合等團員，如此一來也就沒有製造出讓凌小姐有回房的餘裕。整體的時間掌控上，都經過精密的盤算。事實也證明，他的運氣相當好，沒有出現什麼意外的紕漏。

「最後，就是晚餐的時刻了。同樣，他也是算計好時間提早離席，吩咐侍者去407號房換床單，實際上是讓侍者替凌小姐開門。」

女孩開口了，問：「可是，就算時間上計算得準確，但還是難保意外發生啊！他應該有考慮到萬一凌小姐吃完飯沒有馬上離席，待在餐桌聊天，回到房間時侍者已經換完床單關上門，那該怎麼辦？」

「這就得考慮到心理層面的問題，我想謝領隊也知道凌小姐的個性，不是那種會在餐桌上高談闊論的人，就算有談話，也不會拖得太長。說白一點，其實在還沒跟她熟識以前，她是不太好親近與交談的。到昨天為止短短的幾天旅程，她除了跟謝領隊有話聊外其他並沒特別要好的朋友，而且昨天午餐與晚餐謝領隊都故意與她坐同一桌，領隊一離席，她也就沒話聊了，因此只要時間上計算得好，捉準侍者進房與凌小姐回房的時機不是難事。

「甚至為了更精確一點，我猜想謝領隊可能還吩咐侍者要在『幾點幾分』去換床單。當然，優渥的小費是少不了。」

「嗯，至此都可以了解。那床單的誤導手法還真是高明啊！」

「也許他原本就沒有誤導的意思，是因為我們注意到這個怪異現象才會被誤導。」

「嗯……仔細想想應該是這樣。」

「對了，我還要補充說明一點，謝領隊的房間就在凌小姐附近，可以方便監視她的行動，萬一發生凌小姐一出門又想回房的場合，他得立刻臨機應變來阻止對方使用鑰匙……不過他大概也認為這種可能性不高。」

他讓嗓子休息一下後，又繼續：「接著來探討第三點：謝領隊進入自己房間的問題。」

女孩急切地開口，「我也覺得相當疑惑，如果他把自己的鑰匙給了凌小姐，那他不就不必回房了？」

「的確，他無法回房，不過這不打緊，反正只要熬過半天就行了……上廁所也可以到公共廁所去上。比較麻煩的是，旅客上船前行李都已分配到各旅客房門口，如果他沒有鑰匙，那行李就沒有辦法搬進房裡放，一直堆放在門口也會顯得相當奇怪，被注意到就不好了。」

「那他怎麼處理行李？」

「他把它搬到逃生門後的空間，放在角落。不過卻被林宇翔給發現了。他說昨天下午回船後，在三樓逃生門後發現那裡棄置著一個紅色行李箱；晚上十一點半他又到那裡看，行李箱不見了。謝領隊的行李箱顏色正是紅色。吻合。」

「嗯嗯，原來如此，又釋明一個疑點……不過還沒完吧！晚餐後的戲碼呢？」

「昨晚的晚會謝領隊並沒宣布給大家知道，這也是詭計的一部分，因為如果大家都出席晚會，那就等於是每個人都有不在場證明了，如此一來根本沒有嫌犯人選……只有旅行團的人知道凌小姐擁有人面獅身像，讓團內人員落入嫌疑可以說是必要。不過為了要有人替他做不在場證明，因此還是得有名團員出席，結果他選上了雷毅與導遊。雷毅又找我去參加晚會，我們幾個便成了犯人不在場證明的見證者。」

「了解……那點火的香菸是何時佈置的？」

「晚上九點五十前都有可能，不過我猜應該滿早的，因為愈接近十點交誼聽人會愈多……說到香菸，我就想起確定謝領隊是犯人的另一項證據。」

「怎麼說？」

「第一天參觀吉薩金字塔時，雷毅曾跟兩個金字塔外的衛兵稱兄道弟，請他們香菸，還問我與謝領隊要不要抽，謝領隊回答他不抽菸。

「但今天下午我與謝領隊進入陳國茂先生的房間探望他，謝領隊堅持要拿藥給他吃，便打開隨身行李箱拿藥，結果裡頭因為東西堆得太滿而掉了出來，我幫他撿起來，順道看了一眼箱內……妳知道我發現了什麼嗎？」

「什麼？」

「一包菸！一個不抽菸的人竟然隨身帶著菸！而交誼廳的起火裝置就是利用香菸來佈置，妳說能不教人起疑嗎？」

「嗯……既然他不抽菸，那菸是偷來的吧？」

「沒錯，受害者正是陳先生。陳太太說昨天探望過陳先生的人是六點進入房內的三名女學生，但她其實漏掉了一個人。昨天下午我們出發參觀神殿前，謝領隊告訴團員說陳先生上吐下瀉不參加行程，而且『剛剛去探望過他』！陳太太說陳先生床頭櫃的菸是中午放的，也就是說，謝領隊也有偷竊菸的機會。我想他應該是想出了定時點火裝置的方法，但卻沒有菸，探望陳先生時便順手牽羊，偷了菸跟打火機來利用。」

「他運氣真不好，被你逮著這一點漏失，不該把菸帶在身上的。」

「這是他的失誤……接下來要利用晚會製造出假犯行時間的假象。首先他跟凌小姐約好十點在交誼廳碰面，而且特別吩咐她要找『舞台邊』的位置坐。」

「咦？為什麼？」

「我猜邀凌小姐的船員已事先被謝領隊買通，他要船員在晚會一開始就找舞台邊的凌小姐上台，然後以跳舞不便為由，說服凌小姐拿下皮包，讓他放到一旁的圓柱，以利謝領隊之後的偷竊。」

「原來是這樣，否則很難下手。」

「謝領隊大約在九點五十分到交誼廳點火，然後迅速溜掉；確定凌小姐離開房間後，他立刻用凌小姐的房間鑰匙進入房內，拿走斯芬克斯，把鑰匙扔在門後，關上門。接著我猜他把斯芬克斯暫時收進藏在逃生門後面的行李箱內，完成後再趕到交誼廳，這時導遊剛好也到，兩個人就一起進入。必須注意的是，他必須趕在十點二十一分水晶燈熄滅之前到交誼廳，整個不在場證明才有效果。而依據我的記憶，他在十點十五分就到了。」

「等等……」女孩突然說：「我覺得有一個地方很奇怪，謝領隊在十點十五分才到達交誼廳，不是太晚了點？萬一火在早於十點十五分時被發現，那他的把戲就不用玩了。而且他只用一支菸來延遲窗簾燃燒時間，就算他不抽菸，也應該不至於會認為一支菸的燃燒時間會超過二十分鐘以上吧！他也不可能知道窗簾的延燒速度，進而取得確切的時間控制。」

若平笑道：「人的計畫沒有十全十美，算計也不可能到達完全精準……我的想法是謝領隊既然偷了一包菸，他應該有試過一支菸的燃燒時間大概是多久，窗簾的的延燒時間與被發現著火時間無法控制；既然他只佈置一支菸，那可以想見他預期他的偷竊可以在十分鐘內完成，但他竟然遲到了十分鐘以上。我想很大的可能性是，他一定是遇上什麼事情耽擱了。」

「會是什麼事？」

「這就要問他了，」若平神祕地說，「讓我們繼續犯人的行動解析。到達交誼廳之後，就等待窗簾著火。窗簾一著火，在場的人馬上注意力全轉移到著火的窗簾，因為他接近舞台——我認為他要凌小姐坐近舞台的原因之一是『方便他關掉水晶燈』——便快速扭滅水晶燈，拿下掛在圓柱上的皮包，塞進事先掏空的隨身行李箱。完成後再扭亮水晶燈，因為如果放任它一片漆黑的話，那自己也就沒有不在場證明了。」

女孩再度點頭，「原來如此啊，這就是為什麼水晶燈熄滅後，很快又亮起；原來是犯人為了不在場證明的緣故。」

「沒錯……接下來，就算我沒有提議要請船長協助，他應該也會自己提議吧！謝領隊與穆罕默德下樓請求船長協助時，大概是以上廁所為由，要導遊先下樓，自己到廁所內取出皮包內的鑰匙……」至此若平突然停頓了下來，露出興奮的神色，「你注意到這其中的奧妙之處嗎？在被誤導的旁觀者看來，竊賊是偷走了『凌小姐的房間鑰匙』，但實際上竊賊偷的是『自己的房間鑰匙』！仔細想起來，也實在頗為吊詭，同樣都是偷鑰匙，兩者的實質意義卻是天差地遠！

「整個交誼廳偷竊行動是帶有雙向目的，不只可以製造假犯行時刻，同時更可取回自己的鑰匙……等於是一舉兩得。能夠將兩種目的結合在一次行動，真是符合犯罪經濟學。」

「有趣，」女孩興味盎然地說道。

「事後凌小姐發現斯芬克斯被竊，回想起來就很自然把因果關聯藉表象串聯起來，推斷出犯罪時刻是在謝領隊所製造的假犯行時段內。

「要補充的是，我們那群人在凌小姐門口散掉後，謝領隊大概就找個走廊上沒人的時刻，從逃生門後拖出自己的行李到401號房門口，然後用他好不容易到手的鑰匙打開房門，開始第一次享受遊輪客房的溫暖，」就像完成一場大演說似地，若平吐了一口氣，「對於這項犯罪，謝領隊所留下無法辯駁的證據就是他鑰匙上的木棒，明明是401卻被刻成407，這永遠都無法復原吧！他應該可以想出更好的方法來避免這個致命漏洞的！」

「到這裡我都能明白，不過好像還有一些疑問……」女孩用拳頭抵著下巴，思考著。

「我還沒說明動機。」

「不，那可以先等一下，我想知道的是，那個被重新放置的浴巾娃娃有什麼意義？」

「那個啊，」若平莞爾一笑，「其實沒什麼，大概是謝領隊在進入凌小姐房間時於一片漆黑中撞掉了無辜的浴巾娃娃，他嚇了一大跳，趕忙開燈，明白是浴巾娃娃後匆匆忙忙把它掛好，卻沒注意到身體弄錯了方向；接下來拿到斯芬克斯後娃娃的頭自己掉了下來，因為趕時間他把頭隨手往桌上一放，便出了房間。」

「是這樣啊……好吧，那動機呢？」

「我已經去找過謝領隊，他坦承自己的確設下那些犯罪詭計，至於偷竊斯芬克斯的動機，純粹是因巧合而來。」

「哦？」

「凌小姐說過在虎加達購買斯芬克斯那晚，她曾與謝領隊出去散步，並在那時拿斯芬克斯給謝領隊看，就在那時，凌小姐曾離開了一會兒，謝領隊在等待時間把玩斯芬克斯，卻意外發現其底座可以拆卸，而拆開底座後一顆寶石掉了出來。」

「裡頭有一顆寶石？可是有寶石在裡頭的話，拿著斯芬克斯移動時會發出聲音吧？凌小姐沒有察覺嗎？」

「底座的空間有內襯，因此即使大力晃動斯芬克斯也不會發出聲音。」

「可是裡頭怎麼會有寶石？」

「可能是市場的某種走私方法吧！這我也不是很清楚。總之，謝領隊在裡頭發現了這顆珍寶，頓時腦中也一片空白，猶疑著該不該拿；他自己那時也不確定凌小姐知不知道這件事，因此不敢貿然下手，最後還是把它給塞了回去，凌小姐回來後他就開始後悔了。妳也知道，其實旅遊業的領隊不好賺……」

「原來如此……不過我猜凌小姐不知道寶石這件事吧？」

「從她的言行判斷應該是不知道。」

「那你從謝領隊那裡取回斯芬克斯了嗎？」

若平停頓了一下，才說：「嗯，我會找時間歸還給凌小姐。」

「這件事需不需要報警啊？再怎麼樣都是竊盜呢。」

「似乎沒有必要，我想凌小姐大概也不會希望我報警。但若是船長之後決定報警查明火警原因，那謝領隊就麻煩了。」

「說得也是。」沈珞文點點頭。

「案子告一段落了……很抱歉，我必須先失陪一下，」他站起身。

「你要去哪裡？」沈珞文抬起頭，訝異地問。

「處理支線任務。」

「支線任務？」她瞪大雙眼。

「不知你有沒有玩過RPG遊戲，在這種遊戲中有所謂的主線任務與支線任務，支線任務的完成與否不影響主線劇情，但完成支線任務卻可獲得更多經驗值或寶物，因此不做白不做……在這個案子中有遺留下一些支線任務未處理，我現在就是要去完成它。」

「聽你這麼一說，好像的確是有一些疑點未解明。」

「如果可以的話，四十分鐘後在這裡等我，」他很認真地凝望著她。

「你不要得寸進尺，我已經等了你一次耶！」

「我想給妳一個……surprise，一個驚喜。」

「Surprise？」她的英文很標準，有英文老師的架式。

「嗯……一個我準備很久的驚喜。」

女孩沒有答話。兩個人靜靜地對望。她的表情模糊未知，透露著不可解的訊息。

尼羅河上的凝望。靜謐的時刻。

「我等你，」她說。

他點點頭，轉身，快速離開了甲板。

※※※

若平站在交誼廳的入口，裡頭一片黑暗。突然一個影子從門口漾出。

「你遲到了。」女人的聲音。

「抱歉……我們進去吧。」

女人跟著他走到舞台中央。若平扭亮水晶燈。

嚴雅晴站在他身旁。

「坐下來吧。」

女孩乖乖地坐下，帶著一絲不安。「你放紙條找我，是為了什麼？」

哲學家也坐了下來。

「我覺得我不適合擔任輔導老師，不過看到妳悶悶不樂的樣子實在是於心不忍……我只能就我自己的看法給妳一些建議，供妳參考。」

女孩沒答話，看著地板。

他並沒有說出他插手這件事的真正原因，是來自一個人的挑戰。

「妳從旅程的開端給我的印象是一名相當活潑大方而且陽光的女孩子，但到達埃及的第一天晚上，妳初次顯露出明顯的低落。

「再回想一遍當時的情景：妳興高采烈地坐到我身旁，原本要大談案件，這時有人在同一桌落座，妳便靜默了下來，最後連主菜都沒吃就跑了出去。

「妳在意某個人，有他在場，妳便自然不起來。你會刻意迴避他。

「到底是誰？可以從吃飯時坐同桌的人來判斷。從到埃及一直到第一次上遊輪吃午餐，我們總共吃了七餐；第一天的午餐與晚餐；第二天三餐；第三天的早餐與午餐。其中早餐是自助式沙拉吧，座位都是小桌式，大家分散坐，大多是熟識的跟熟識的坐，因此看不出來；第二天的午餐與晚餐所在的旅館也是小桌式，分散坐；因此剩下來的就是第一天的午餐與晚餐，還有第三天的午餐。

「第一天午餐與妳坐同一桌的有我、雷毅、凌霞楓小姐、陳國茂先生、陳太太、張喬音、韓琇琪。

「第一天晚餐與妳坐同一桌的則是我、張喬音、韓琇琪、程杰晉、江筱妮、邱憲銘。

「第三天中午：我、雷毅、林政達先生一家人、邱憲銘。

「這三次妳的情緒反應依序是正常、反常、正常。

「檢核三次的名單，出現反常是在第一天晚餐。其中可以去除掉我、張喬音、韓琇琪；至於邱憲銘，在第三天中午的名單出現過，但那天妳的反應是正常。因此只剩下兩個人了。在這些團員中，只有當某兩個人在場時，妳的反應是反常。那兩個人就是程杰晉與他太太江筱妮。」

女孩還是沒有答話，不過當她聽到程杰晉、江筱妮兩個名字時神色似乎動搖了一下。

「前天中午用餐時妳問了我的『豔遇』，妳還立刻猜說對方已經『結婚』了，因為這就是妳的情況。

「我還知道，前天晚上接近十點半時，妳從405號房門底下塞了封信進去，沒錯吧。」這並不是一個疑問句。

許久沒有答話的嚴雅晴驚訝地抬起頭來，用細碎的聲音開口：「你怎麼知道？」

若平答道：「這只是調查的結果。我猜妳的信是給程杰晉的。」

「果然什麼事都瞞不過你……」她又低下頭，「不過，我把信塞進去後又把它抽了出來。那是一封無法投遞的信。我沒有勇氣。」

他點點頭，「妳的心情我可以體會。」

體會與了解不一樣。有些事情我們可以了解，但不能體會；能體會的話，通常可以了解。

「妳是來旅遊的，這種經驗非常珍貴，如果因此錯過了好心情，那是非常可惜的……雖然這的確很難。」

說完後，他很訝異地發現，嚴雅晴的眼眶閃著亮亮的光。

「為什麼，」她的聲音有點哽咽，姿態像個小孩子，「我喜歡的人總是不理我，不然就是……」聲音消逝了。

「那是因為，」他很快地接腔，發現自己的聲音非常地冷靜，「妳有某種使命在。」

「使命？」女孩又抬起頭來看他。

「是的，妳有什麼夢想嗎？」

「我……？」女孩舔舔嘴唇，有點遲疑地回答：「我希望成為一名鋼琴家。我有在練鋼琴，甚至考慮要轉系……」

「那你應該投注不少心力在練琴上了？」

「當然，請了鋼琴老師特別來教我，每天一有空就往琴房跑，我的心思都放在那上面。期待有一天能……有我自己的音樂發表會。」

「這就對了。妳有妳的使命在，這就是妳必須去完成的；人的心力必須完全集中在一件事上，才能有耀眼的成果出現。上帝替妳開啟了音樂之路，雖然這一路上會相當辛苦，但當妳某一天到達了終點，再回過頭來看，妳會發現原本空無一物的路上，不知何時已開滿了絢麗的花朵，」他微笑地又加了一句：「有使命的人是很偉大的。」

她停頓了一下，似乎在思考話中的意義，然後問：「但是，我是不是必須因為使命而犧牲其他東西？」

「當然是，不過，是不是稱做『犧牲』，有時得看妳自己的定義。相信我，每個人都一樣，妳自己認為的失敗之處常常是成功的契機，或必經的過程。」

女孩報以虛弱的微笑，沒有馬上回答。她思考了一會兒，才說：「你說的好像有道理。我會好好想想。謝謝。」

「妳可以自己再好好反芻，希望明日能見到妳的笑容。早點睡吧。」他站起身，對女孩點點頭。

她也點頭，做出再見的手勢；她在沙發中的身姿在若平眼中並沒有那麼絕望與灰暗。

大學女生的小挫折而已，沒事的。

有些作家會把這種挫折情感發展成常人無法了解的『扭曲』，以近乎病態的文字描述極端情緒。但，還是讓她成為平凡人吧，她應該沒有痛苦靈魂的資質，也不需要培養。

他離開交誼廳，朝下一個目標前去。

※※※

若平敲敲406號房的門。

門開了，邱憲銘先生探出頭。

「抱歉，你睡了吧……」

「不，還沒，請問有什麼事嗎？」低沉的聲音回應他。

「我可以進去談嗎？不會耽擱太多時間。」

邱憲銘遲疑了一會兒，才以幾乎察覺不到的幅度點頭。「請進。」

房間裡頭有種陰冷的氣氛，床頭櫃上擺著一本書，《存在與虛無》，沙特著。行李等物品擺置得井然有序，有一種死寂般的規律感。窗外黑壓壓的景色彷彿沉入房內，融入空氣中。

「隨便坐吧，」邱憲銘說。表情像沒生命的人偶。

若平揀了張沙發坐了下來，兩手交握，意味深長地看著對方。

他在若平斜對方的沙發坐下，若無其事地問：「什麼事？」

「關於照片的事。」

「照片……怎麼了？」他的臉上又泛起那種謎樣的微笑，一種摻雜憂鬱與悲傷的微笑。

若平沒被那微笑所困擾，繼續說：「照片裡的女子並不是凌霞楓小姐。」

人偶的表情沒變，只是狀似無奈地攤攤手，「我從沒說過她是凌小姐。」

「沒錯，我回想起來，是我自己太笨，被你的話所誤導；下午在交誼廳時你完全沒承認那名女子是凌小姐，是我自己妄下結論。」

「雖然我沒承認，」語調有點道歉的意味，「但也沒刻意解釋，才會造成你的誤解。」

「那倒沒關係，是我自己反應不夠。」

「你是怎麼知道她不是她？」邱憲銘傾身向前，用疲倦的眼睛問。

「照片上的拍照日期是兩年前的七月十五日，地點是在德國的新天鵝堡；但昨天晚上我從凌小姐口中得知她已經三年沒出國了。」

「嗯，」邱憲銘緩慢地點點頭。

「要不是凌小姐說謊，就是照片裡的人不是她，我傾向後者，因為凌小姐對你的態度沒有不自然。」

「你是對的。」

「當我一眼看見凌小姐時，便覺得好像在哪裡見過她，並不是親身見過……」若平說到此處時邱憲銘抬起頭，眼睛睜大。

「我努力回想在哪裡看過她，後來我想起來了。」

對方沒有接腔。

偵探露出哀悼的神情，「看了照片上的日期與地點，我終於記起來與那名女子相關的新聞，女人名叫彭伶芬，在兩年前的七月與男朋友到德國旅遊，在慕尼黑夜宿的那一晚，她在凌晨時分於旅館公共廁所被殺害，至今兇手還未找到。」

「是的，」他沉重地點頭，「那是她第一次出國，從小便對德國有好感，也順利從德文系畢業。我們有朋友住在德國，由他們指引旅遊路線讓我們倆去自助旅行，玩得十分愉快……後來沒想到會遇上這種莫名其妙的事。」

這次換若平沒接腔。

「照片裡的她，是那麼美麗，眼裡充滿嚮往……我跟她交往了四年，即將論及婚嫁，突然遇到這種錐心之痛，當時真的反應不過來……兩年來每日形容枯槁，食之無味，今年為了排遣心情一個人來埃及，沒想到一看到團裡有這麼一個人長得那麼像我死去的戀人，就覺得相當不可思議，」他低沉著頭，好似一字一句的吐出都需要相當大的氣力。

「的確很不可思議，要找到這麼相像的人不容易……所以，你才會一直拿著照片看著凌小姐，這是一種回憶是嗎？」

「雖然氣質不同，但我彷彿看見伶芬又活生生地存在於這個世上，」他的聲音愈來愈小。

沉默了一分鐘。

最後若平以嘆氣開場，他知道這種場面很難處理，有時候不說話是最好的處理方式，不過他還是說了。

「『過去』必須適度地被遺忘，我相信時間是最好的療藥。這些道理你一定都明白，」他挪動僵硬的屁股，「我也解開心中的一個結了。我想今晚就這樣了。晚安。」

邱憲銘默默地點頭，兩手覆蓋住臉部。

若平往房門口走去，沒有回頭。輕輕帶上門。

對於自己所無法體會的痛苦，他覺得沒有資格再多說些什麼。

※※※

這個夜好似沒有盡頭。

將近凌晨一點。他踏出406號房。夜晚的靜謐襲過心坎，流淌在他溫熱的血液裡。

此刻他的步伐竟然異常地緩慢，也許是結局的到來，使他不由自主地卻步了。

他希望能有令人滿意的收尾，深深冀望；異國的濃夜，理應為這樁遊輪上的神祕事件，畫下漂亮的句點。

他踏上階梯，拾級而上，夜空盡收眼底。

上頭空無一人，除了……

她坐在角落的桌旁，雙手把玩著小熊。

意識到他的到來，女孩抬起頭，露出微笑：「我一直在等你。」
「抱歉久等了……我們到欄杆旁聊好嗎？看看尼羅河。」
女孩點點頭，與若平一同步向欄杆，憑靠著。
「你到底要給我什麼驚喜呀？」女孩沒轉頭，看著底下的河水，問。
「一樣特別的禮物。」
「禮物？」女孩略帶驚訝，轉過頭來看著他，問：「為什麼……？」
「紀念我們能在這船上一起度過三天，好難得，不是嗎？」
「嗯，不過這樣就要送我禮物，其中是不是有詐！」她咧嘴而笑。
「我可是很認真的，」他嚴肅起來。
「對不起，我懷著感激的心態接受你的禮物，」她的眼神也認真起來。
「答應我，什麼禮物妳都要收下。」
「這會不會太……好吧，我答應。」
「我……」若平開口，聲音低沉，低沉到自己都不敢相信，「先問妳一個問題。」
「什麼問題？不是要送禮物嗎？搞得這麼懸疑！」
「我好想知道……」他戲劇性地停頓了一下，語調異常冷靜，「是不是每個案件的兇手看起來都像妳一樣無辜？」
「你、你在說什麼？」她抬眼，臉色驟變。
「我的意思是，」偵探面無表情地說，「在這艘遊輪上以斯芬克斯之名犯下竊案的人不是謝領隊，而是——」

他的眼神射向沈珞文。

「——妳！」

11 神的嘲弄

夜與靜默僵持了半分鐘。

女孩面無表情的臉突然被一個莫可奈何的微笑取代，她搖搖頭，說：「你在開玩笑吧？不要玩這種遊戲。」

「我沒有在玩遊戲，我說的是實話。」

「我說真的，」女孩臉上的微笑消失，「講清楚，怎麼突然又變成我是兇手了？這是怎麼回事？」

「我會仔細分析給妳聽，就像先前一樣，」他凝視著女孩，「其實之前的案情分析，有一個很大的疑點未解明。」

「……是什麼？」

「我們都知道，依據凌小姐的房間現場狀況來看，竊賊曾搜括過整個房間，而只有斯芬克斯被偷，甚至從現場狀況、皮包內錢未失竊的事實來看，我們可以斷定，竊賊一開始的目的就是斯芬克斯，沒有別的。

「我們來看看房內哪些物品被動過：浴室對面的衣櫥、電視機底下的三個抽屜和小櫃子、旅行皮箱裡頭被翻亂、床頭櫃的抽屜、床頭櫃原本裝斯芬克斯的盒子被打開。

「要注意的是，旅行皮箱的拉鍊內袋沒被動過，皮箱內的兩個小袋子也沒被翻查。房內除了上述那些櫃子與抽屜外，並沒有被搜括的痕跡……妳看出來了嗎？竊賊搜尋目標是明顯可以放置斯芬克斯的『空間』，那些用眼睛看就知道不可能裝斯芬克斯的地方，他就略過沒搜了。

「好，凌小姐告訴了我什麼？她說前晚她離開房間時，是把斯芬克斯放在窗櫺上！

「面對房門的那面牆是整面的窗戶，也就是說窗櫺具備整面牆的寬度，把物品放在窗櫺上是相當明顯的，只要一踏入房內，窗戶及窗櫺絕對會先映入眼簾。昨天我進入凌小姐房內時，才剛踏入房內就注意到窗櫺上的天鵝，而斯芬克斯前晚就是被放在天鵝的位置。

「重點在於，窗櫺上的斯芬克斯對於任何進房的人都是一個明顯的標的物，就算竊賊剛進房時房裡是暗的，開燈後也不可能不注意到窗櫺上的東西！除非眼睛瞎了，否則哪還有必要在房內地毯式搜尋？這件看似荒唐的事，必定有個合理解釋。我想出幾個可能性：

「一、犯人是名瞎子。與這件案子相關的人之中沒有一個人是瞎子。這個可能性可以排除。

「二、犯人是摸黑搜尋，或用手電筒等弱光器具搜尋。同樣不合理，407號房內的燈並沒有故障，摸黑搜索根本是自纏手腳，這個可能性也可以排除。

「三、犯人目標是在於斯芬克斯，搜括現場是為了掩飾這個目標。這也不對，如果這個假設正確的話，他應該要偷走凌小姐的其他物品才是。可能性三排除。

「第四個是最後的可能性了。犯人進入凌小姐房間後，斯芬克斯已經不在那裡了，換句話說，有人在他之前捷足先登！」

女孩露出不可置信的表情，「你愈說愈離譜了……那另一個人是怎麼進去的？」

若平微笑，手從欄杆上移開，面對她，「這應該是由妳來告訴我吧！沒關係，讓我一步步說明。

「我們現在知道謝領隊是其中一個犯人，他設計鑰匙詭計進入房內。好，那他到底是一號客還是二號客？

「我的答案是，二號客，也就是飲恨的那個。為什麼呢？首先，謝領隊的目標是斯芬克斯內的寶石，並不是斯芬克斯本身，也就是說，他只要偷了寶石就好，沒有必要把整個斯芬克斯都偷走。你想想，如果只偷走寶石，凌小姐會察覺有東西失竊嗎？雖然皮包鑰匙被偷，但後來都找回來了，如果斯芬克斯沒有失竊，也就不會有調查行動，那對謝領隊不是有利？如果謝領隊是一號客，他只拿走寶石，留下斯芬克斯，那就不可能會有現場的搜括行為，因為窗櫺上的斯芬克斯對二號客來說絕對是明顯的標的物，不必大費周章搜尋。

「其次，從之前的推理我們得知謝領隊很有可能被事情耽擱才遲到參加晚會，如果謝領隊是二號客，那一切就說得通。他進入房間後斯芬克斯已經被竊，所以才會花了許多時間在現場搜尋。

「既然謝領隊是二號客，那他就不可能是把娃娃撞掉的人，因為他不可能弄錯娃娃的方向；再者，從現場勘查我發現掛娃娃的犯人曾搬動通風口下方的矮櫃來當墊腳臺，這也代表，就真正犯人的身高而言，他不可能不使用墊腳臺就搆到通風口。以我的身高，不用墊腳臺恰好可以搆到通風口，換言之，真正犯人必定是低於我的身高。不可能是謝領隊，他太高了，因此他不是掛娃娃的人；既然不是掛娃娃的人，那他也就不是真正的犯人。

「關於謝領隊是二號客的理由還有一個，是心理證據，不過可以視為並非絕對。晚會隔天凌小姐告訴我謝領隊心情變得不好，都不太搭理她，很可能是因為他的計畫失敗，斯芬克斯被人捷足先登。

「現在我們知道有兩名犯人先後進入房間，這項新的論點可以解答關於浴巾娃娃一些疑問。

「一號客不慎撞掉娃娃後又把它掛好，弄錯方向；接著一號客離開，二號客進入，也一頭撞上浴巾娃娃，結果娃娃的頭掉了下來，掉在電視機櫃子前面，妨礙到他之後搜索櫃子的動作，因此就把它放到矮桌上。如此一來，浴巾娃娃的頭與身體所呈現的不協調性，也因兩名竊賊的先後進入而得到合理解釋。

「關於一號客把娃娃掛回的理由，有可能是保持現場的完整性，雖然掩飾不了斯芬克斯被偷，但他可能希望盡量不要弄亂現場。不過關於掛回娃娃的理由，我倒是想到另一點有趣的心理確證……」他說到此突然停了下來，眼睛落在女孩手上的熊寶寶，「一號客是一名喜愛可愛事物的人，她不忍看到一隻娃娃被拋棄在地上。」

沈珞文面無表情地看著他，似乎疲於反駁。她只是靜靜等著他繼續說下去。

「推論至此有趣的問題來了，先前提到的身高問題，犯人必定矮於一百七十公分，這個旅行團內身高低於我的只有張喬音、韓琇琪跟林政達先生的兩個孩子。我不能排除犯人是旅行團之外的人，必須有更確切的證據來指明兇手身分。」

「你的想像力會害死你……」女孩嘆了口氣，「就算你說的都是對的，你還是沒有解釋我——兇手——是怎麼在沒有鑰匙的情況下進入４０７號房的？如果不能解釋這一點，那你一系列的推理就要崩塌了。」

他持續保留他唇角的笑意，「這的確是關鍵的一點。其實相當簡單，只要稍稍利用視覺的死角就行了。」

「什麼視覺死角？」女孩用疑惑的神態反問：「沒有鑰匙是無法開門的，難道你要說我用備用鑰匙進去？」

「備用鑰匙無法使用，我先前就提過了。妳的把戲連鑰匙都不必用上，比謝領隊的方法省時省力多了，不過卻沒有辦法製造不在場證明……那也沒關係，因為沒有人會懷疑妳。」

「廢話少說，讓我聽聽你的推理。」

「如果門是從裡頭開啟的話，哪還需要用到鑰匙呢？」

「從裡頭開啟？」她揚起眉毛，「如何辦到？」

「我從頭分析這個大膽的詭計，」若平調整一下站姿，以平穩的語調繼續：「前天凌小姐離開房間去參加晚會前，雷毅曾來找過她，推薦凌小姐一本他自己寫的書；據他所言，那是謝領隊託雷毅轉告凌小姐的。先不管他說的是真是假，總之那時凌小姐一打開房門就看到雷毅站在走廊上，他一腳踏入房內，推銷小說。」

「這有什麼發人深省之處嗎？」

「有，凌小姐說那時兩人談話的地點是，雷毅背對著浴巾娃娃，而凌小姐站在他面前。最重要的是，凌小姐說雷毅那時連房門都沒關好就立刻掏出小說要她翻翻看！」

「那又怎樣？」

「看一眼房間平面圖就可以明白，雷毅等於是遮擋了凌小姐的視線，他只要往右站一點，身體與牆壁形成直角，那他身後那一段直線距離等於是凌小姐的視覺死角；也就是在這個時候，真正的犯人——你——藉著人體障壁溜進房內，打開浴室的門進入躲藏。雷毅那晚穿的服裝其實也是為了便利這個詭計的遂行，那包覆頭部、垂下的頭巾完全遮擋了脖子周圍的視線，還有寬鬆的長袍、寬大的護肩彌補了人體障蔽的不足；他只要舉起雙手，拿著書，寬大的袖子覆蓋的手肘部分又可以增加遮擋的寬度。也就是說服裝是經過特意挑選的。」

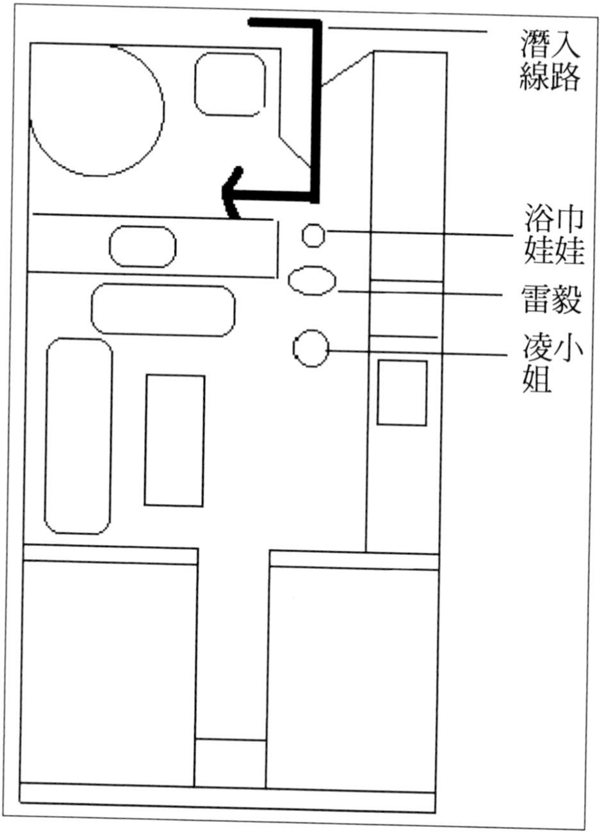

潛入407號房簡圖

潛入路線

浴巾娃娃

雷毅

小凌姐

「而雷毅的演技與唐突旨在吸引凌小姐的注意力，以免背後的把戲露了底。等到凌小姐與雷毅離開後，你再離開浴室，偷走斯芬克斯，關上房門離開……不過妳撞掉了浴巾娃娃，花了些時間掛好，全程大概五分鐘左右。」若平做個停頓，觀察女孩的表情，但什麼都看不出來。因為她沒有表情。

她沉默良久，才緩緩開口，「我怎麼可能知道雷毅會去找凌小姐？如果我只是偶然目睹而進入房間，風險不是太大了？」

若平搖頭，「當然不是那樣，妳必須要有雷毅的幫助才能進入房內……我這樣解釋還不夠清楚嗎？他是妳的共犯！」

「共犯？」她突然露出不可置信的笑容，讓他感到有點突兀，「我們之間沒有什麼交集，怎麼會合作犯罪？」

「妳們兩人絕對有共犯關係，雷毅與妳的共犯關係能解釋為何妳一名『外人』能知曉凌小姐擁有斯芬克斯的事實。這個把戲絕非巧合，是兩個人事先串通、再合作完成的。他利用妳來避嫌，讓自己有完整的不在場證明；同時，嫌疑也不可能落到妳頭上，因為妳不屬於這個旅行團。」

女孩沉默。

「你怎能那麼篤定？證據呢？」過了半晌，她開口。這個問題好像來得有點慢。

「有兩條線索指向你涉案，其中一條提示了妳跟雷毅有關係，這項線索正好就是由你提供的。」

「我？」

「沒錯，就是妳寫的詩。」

沈珞文睜大雙眼，「那、那是……」

「那是你故意洩漏給我的嗎？暗示雷毅跟你有共犯關係？那首詩真的有絃外之音！」

莫可奈何的表情覆蓋在女孩臉上，她低下頭，說：「你從那首詩看出了什麼？」然後是一陣近乎聽不見的低語：「噢，你還真的猜出來了。」

「標題〈迷雨〉正是『謎語』的諧音，似乎暗示詩有蹊蹺。我把詩重讀了幾次，終於發現玄機。把四個句子的第一個字連起來讀，可以得到雨、田、人、失四個字，在這四個字中，我發現了有趣的連結性：雨加上田合成『雷』字，人加上失合成『佚』字，佚與毅同音，因此『雨田人失』指的是『雷毅』這兩個字。」

她嘆口氣，「你因此注意到我跟雷毅有某種連結？」

「我因此注意到，妳有可能是雷毅協助下的竊犯……妳跟他是什麼關係？還有，妳寫這首詩是想故意給我提示吧？」

兩個問題女孩都沒回答，「目前為止你還是臆測，你還有更具決定性的證據嗎？」

「有一張王牌，妳賴也賴不掉。」

「那你就拿出證據來！」沈珞文似乎不顧一切地說。她仍然面無表情，不過眼眸深層底下，好像有什麼東西在掙扎著。

「在凌小姐的浴室內我發現了一項關鍵線索。在洗手台上留著一張未被使用過的面紙，來自於洗手台的面紙抽取口內；馬桶旁的垃圾桶中發現了一張面紙團，經比對後發現兩張是同一張面紙，裂口符合。有人從抽取口抽出一張面紙後撕了四分之一大小使用，然後扔進垃圾桶。

「另外，在洗手台邊緣殘留有一團被壓爛的牙膏，是凌小姐晚餐後擠牙膏時，有一小團牙膏從牙膏管底部的破洞掉出，黏著於洗手台邊緣。因為邊緣面略微傾斜，小牙膏團才沒有掉落。

「垃圾桶內的四分之一面紙被揉成一團，難以展開，上頭有牙膏的氣味。

「很明顯，當犯人躲入浴室內、靠近洗手台時，不小心觸碰到牙膏團；發現之後立刻從洗手台抽出一張面紙將沾染上的牙膏團抹掉……」

「那又怎樣？那又證明了什麼？」

「犯人把沾染到的牙膏團抹掉，然後把那四分之一的面紙扔進垃圾桶，至此都不重要，重要的是那被擠壓後、仍舊殘留在洗手台邊緣的牙膏團，上頭有一個印記，是一個凹陷的X形！我努力思索這個象徵犯人的印記來自何處，直到我想起了你的小熊……」

若平目光向下挪移，看著孤零零的熊寶寶；沈珞文也低下頭看著依偎在腰際、閃著無辜目光的小熊仔。

「我想起了小熊的肚臍，正好是一個上頭有著隆起X形的圓盤！」

女孩沒有再反擊，她兩眼低垂，好像在深思著什麼。

「洗手台的高度恰好在你的腰際，一定是你貼近洗手台緊靠時，垂掛在你腰際的小熊壓上那團牙膏。後來你發現小熊的肚臍黏上牙膏，於是抽了張面紙、撕下四分之一擦拭，卻沒想到台面上仍留下了致命的證據——那個未被擦拭掉的印記。」話的尾音一落，若平直視女孩，她欲語還休。兩人四目相交。底下的尼羅河發出屏息的水聲。

有一度若平以為她會雙手摀著眼睛哭了出來，然後抱著小熊、甩著頭髮跑下甲板。但她沒有。

沈珞文持續盯著若平看，兩隻眼眸彷彿形成漩渦，要將他吸進去似的。

「我很遺憾，這是無可避免的結論，」最後，他平靜地說。

「這就是你要說的全部了嗎？」她說。

「動機，還有最重要的動機，這個案子最困擾我的就是動機。但當我一想到犯人是雷毅時，動機問題便迎刃而解。對雷毅這名推理作家來說，我應該是個值得挑戰的對手。簡單說，這不過是很單純的，偵探與兇手的決鬥——雖然他一定不想被稱為兇手——但對雷毅而言，證明自己的推理能力比其他人強，是多麼重要的事。」

「這麼說來整個事件都是他的計畫？」她冷冷地問。

「謝領隊的偷盜事件無疑是他沒料到的插曲，不過不妨礙他的計畫，反而增加了我破案的困難度。我從頭說起：雷毅設計好一連串的陷阱，幫我付清旅費讓我來埃及。首先發生的事件是，在往埃及的飛機上，我發現我的小說中被塞入了一張斯芬克斯的卡片，上頭預告了往後會發生的事件。卡片的出現揭露了兩個疑點，第一是上頭出現『歡迎來到埃及』的詞句，但問題是當時根本還沒到達埃及；第二是卡片究竟是在何時被放入背包中。先看第二點的話，可以發現雷毅是最有機會放卡片的人。當時我離開座位去上廁所，遇上了妳；坐在我身旁的雷毅便在這時將卡片塞入我的背包。這項事實也解釋了第一個疑點。因為雷毅怕到達埃及後找不到機會放卡片，因此抓住我去上廁所的大好機會實行他的第一步行動。

「接著是連續盜竊事件。要連續偷盜旅客的隨身行李，恐怕只有在飛機上的時間才比較能辦得到。而根據事實狀況分析，這些盜竊行為發生的時間集中在從馬來西亞飛往開羅的班機上。由於雷毅的座位被夾在中間，出入不便，因此我猜物品的盜竊，包括太陽眼鏡、筆、手帕都是由妳來完成。聖經的部分，妳應該是先偷拿了聖經後，再帶到廁所裡破壞，接著再放回吧。所有行動都是趁飛機上的睡眠時間完成。」

「真矛盾，」女孩反駁，「連續盜竊要傳達出的是sphinx的訊息，也就是首字拼組的英文字謎，那雷毅怎能預料得到團員們會帶那些東西？就算知道了，他又怎能知道誰的背包會放在哪個行李置放空間？」

「有關字謎的事妳都知道嘛，我好像沒跟妳提過……妳其實是明白內情的，不是嗎？」

女孩仍舊面無表情，「你繼續說，我只是想聽你的推理。」

「我認為雷毅是先發現旅客有這些物品，才想到能夠拼組出斯芬克斯的字謎。停留在馬來西亞的時間讓他觀察團員並得到靈感，他也記錄哪項物品是放在哪個背包，背包又是誰的，並詳細描述背包與擁有者的外貌。他找機會將寫在紙上的資料給你，你便依照資料在飛機上進行偷竊。一般說來同一旅行團的遊客都會坐在同一區，行李也都集中在附近的置放空間，因此辨識起來應該不困難。

「至於我的小說與雷毅的聖誕卡，情況與其他物品的被盜稍有不同。我的小說被盜的情況明顯暗示了犯人有兩名，」若平把那晚的追逐事件簡述了一遍，「那是一個調虎離山記，一名犯人操縱斯芬克斯的傀儡引誘我出房間，而且相當聰明地，引誘我從落地窗出去。因為我要是從房門出去的話，有可能會順道把門鎖上，這樣另一名犯人就無法進入房間盜竊了。落地窗無法從外頭上鎖，我只要一從落地窗出去，就等於是開啟了一扇門。連這點都考慮到，不得不佩服你們的頭腦。

「至於聖誕卡，我想雷毅是因為找不到X開頭的物品，才會對我撒下這個謊吧！既然現在已經知道他是犯人，再回過頭來看這點，便豁然開朗。畢竟要找到X開頭的物品不容易，很自然地，就要由兇手本人來撒謊了。」

「就算你說的這些都是對的，那你要怎麼解釋雷毅能預測凌小姐會購買人面獅身像並進行偷竊？」

「我先前犯了個錯誤。換個角度來想，為什麼sphinx這個字傳達出的訊息一定要是『下一個被偷的物品是凌小姐的斯芬克斯』？搞不好是雷毅自己宣稱買了個斯芬克斯，然後被偷啊？或者是船上任何跟斯芬克斯能夠扯上一丁點關係的東西，不都能滿足字謎跟卡片的預示嗎？只因為凌小姐買了個斯芬克斯，後來斯芬克斯也被偷，便認為犯人一定先要知道『會買』的事實，才能進行盜竊的行動，但其實這之中根本有很大的彈性，因為字謎跟卡片的暗示並不明確。」

「好吧，算你有理。」

「最後一點，斯芬克斯被盜事件的那晚，我曾到交誼廳尋找縱火事件的線索，那時發現門口有人窺探。我原本以為是謝領隊回到犯罪現場隱藏什麼重要的證據，不過他說他沒有……我想那個人也許是妳或雷毅吧？不過那都不重要了。」

沈珞文沒有說話。

兩個人持續對望著，做著沉默的拉鋸戰。

毫無預警地，女孩原本面無表情的臉突然有了變化，就像突來的驟雨般迅捷；拉成一線的嘴唇倏地揚起，化成弧線，一陣銀鈴般的笑聲湧出，滲透入夜的靜謐，牽動空氣的凝滯。女孩單手摀住嘴，壓抑住高漲的笑意，身子不住抖動。黑暗被劃開了。

「你笑什麼？」

「沒、沒什麼，」沈珞文笑到岔氣，她調整了一下呼吸，才恢復鎮定說道：「沒想到最終還是被你看穿了，果然是名偵探。」

「妳承認了？」

「就像許多兇手說過的台詞，沒錯，是我幹的，」她的臉上有著沉著的率性任真。

「很抱歉事情演變到這種地步，不過我還是必須完成我受委託的事件。斯芬克斯如果在妳那裡的話，請交給我……還是在雷毅那裡？」他盡量保持自己語氣的平緩，「是他指使妳這樣做的吧？」

沈珞文靜靜看著他。

若平繼續說：「請妳明白，這不是殺人罪，沒那麼嚴重的。但竊盜仍然不對。」

「……你的話很矛盾，稍早時，你不是告訴我你已經從謝領隊那裡取回斯芬克斯？現在又反過來說是我偷了它……那你是存心對我說謊囉？」

「我很抱歉，那純粹是想誘妳露出馬腳，想給妳一個自白的機會，因此我才會留下陷阱，先去解決其他的事，但顯然……」

「我知道了，」女孩點點頭，「你如果想要回斯芬克斯，就用你的智慧來拿吧，」她站起身，臉上掛著微笑，謎樣的微笑。「今晚到此為止。」

「等等……」他也站起身。

「祝你有個美好的夜晚，與你聊天很有趣。」

沈珞文緩緩朝樓梯走去，沒有再回頭。

他僵立著，嘆了一口氣。

不是謀殺罪，她只是玩了個小小的偷竊把戲，並沒有什麼惡意的。但她要他靠自己的力量取回斯芬克斯？難不成要他硬搶？況且，東西到底被放在哪裡都還不知道，還是在雷毅那裡？這個該死的雷毅，竟然瞞著他那麼多事。

明天一定得找個時間跟雷毅談談。這個遊戲玩得太過火了。

他靜靜看著凌晨的尼羅河。

12 偵探vs.兇手

他從床上坐起。

七點。可以吃早餐了。

頭相當沉重，前一個晚上想了太多事，經歷了太多事。甩甩頭，若平跳下床，進浴室盥洗。

梳洗穿衣完畢後，他下樓去。

餐廳門口，各國遊客熙來攘往，穿白衣服的侍者站在門旁點頭致意。

自助式沙拉吧。他已經開始有點厭煩了，排隊夾菜時感到胸口一股悶氣，什麼事都不想思考。

用餐時，謝領隊刻意避開他的眼神，只是形式化地點頭。凌小姐用探詢的眼光看他，但他迴避掉了。

「再一點時間就好。相信我。離開這艘船之前。」

「你不是說今天嗎？唉，算了……」

他沒再回答。

餐桌上，陳國茂先生好多了，精神奕奕地啃著麵包，並與他太太一同向若平道謝他的探望；邱憲銘也對若平露出微笑；嚴雅晴也投以感謝的眼神。

還是有一些地方處理得不錯。不過……

他轉頭往「佳富」旅遊的坐席望去。沒有沈珞文的身影。

餐桌上，雷毅大口啃著麵包，好像三十年沒吃飯一樣。

若平想了想，決定暫時不驚動雷毅。他現在的對手是沈珞文。

他草草結束用餐，快步走出餐廳。

迎面而來，帶著小熊的女孩的身影乍現。
她的面容依舊姣好，只是眼袋稍重；望見若平的那一刻，她依舊露出笑容。似乎帶著挑釁。
「早安。」若平說。
「早。如果你能用你的智慧取回斯芬克斯，我會很尊敬你這個偵探的。」
她離開了。
最後的難題，取回斯芬克斯。
他搖搖頭。上樓。

※※※

今天也是神殿行程，兩旅行團行程依舊重疊。
好幾次與沈珞文眼神相遇，結果都與早上相同。
很快地，白晝逝去，黑夜降臨。埃及的大地再度披上黑紗。
拓荒者號繼續尼羅河上的旅程。
離晚餐還有一段時間，他漫步上甲板。上頭人不多，有一些外國人在吃吐司、喝咖啡。
他憑靠欄杆，望著河水。
突然有人拍他肩膀。
若平微微吃了一驚，轉過頭去。

是邱憲銘。

對方微微一笑，也靠上欄杆。「怎麼了，名偵探，今天有心事？」

「的確。」他淡淡答道。

男子望向遠方，若平覺得他的眼神好像變得坦蕩。「昨晚你來找過我後，我覺得好多了。我開始試著去接受事實，雖然這相當不容易。」

「我知道實際做到很難，」他坦承。

「是很難沒錯，不過不是做不到。」邱憲銘的眼神從遠方收回來，看著他，「這個世界上很多道理我也搞不懂，我的思考不像你讀哲學的人那麼精深；我只知道，每個人都會碰上不如意的事，有些事會撕裂你的心，讓你崩潰，讓你想自殺。」

「你認為為什麼會發生那些讓人傷心的事呢？」他突然想知道邱憲銘的看法。

「這個問題很難回答，」邱憲銘嘆口氣，搖搖頭，「我只知道那些事情會發生的其中一個原因是，那是你自己造成的。」

「自己造成的？」

「沒錯。你知道嗎，」他的眼神哀戚起來，「我的女友——伶芬——死亡那晚，為什麼會在凌晨跑出房間？因為我們在房裡大吵了一架。只是因為一點小事吵架。情侶很容易為小事吵架，我不知道你有沒有這種經驗？稍微講錯一句話或感覺不對兩人就會開始賭氣。而我脾氣又火爆，聲音大了點，作勢要打她；她哭著跑出房間。然後就在公共廁所莫名其妙被殺了。」

他很專注在聽。

「回想起來，」邱憲銘繼續說：「真的是我不對，是我的壞脾氣造成的。你不要認為我是因為內疚才說這種話，我反省過好多遍，那晚是我情緒失控，要不是我失控，她也不會跑出房間，因而喪失生命。所以我說，有些令人傷心的事，發生的原因是你自己種下的。」

「是，」若平喃喃應道。

「總而言之，我不知道你遭遇什麼困難，」邱憲銘又拍拍若平肩膀，「不過我直覺不是什麼嚴重的事，你一定能解決的。偵探不是專門解決難題？別讓案件難倒你了。人生的難題也是案件的變相，而且任何事都有可能成為難題，能夠百折不撓，你才是一個真正的名偵探。」

留下這句話後，他便放下偵探肩膀上那隻有力的手，轉身，步下甲板。

若平站在原地，腦中迴盪著那最後幾句話。

※※※

餐室內。

他意興闌珊地一邊用晚餐一邊觀察著遠處女孩的動靜。

沈珞文沒注意他，也許是刻意迴避。

他沒與同桌的人聊天，只是獨自靜靜吃飯。林政達先生一家人與程杰晉夫婦聊得起勁。他沒打擾他們。

時候到了。

沈珞文一放下餐具，他立刻做好起身的準備。

草草跟同桌的人打個離去的手勢後，他便自然、不留痕跡地離開餐廳。

他跟著她上了二樓的休息區域。

女孩轉過身來，意味深長地看著若平。

「找出破解最後一道題的方法了嗎？」

「沒有一點提示嗎？」

「名偵探還需要提示嗎？你昨晚那麼精采的推理，還不是靠你自己尋找線索導出來的？你說對不對，小熊？」她右手托起小熊，另一隻手柔順地撫摸著牠毛茸茸的身軀。熊寶寶打叉的凸肚臍正對著若平，分外可愛。

若平思索著該怎麼回答。

「好啦，沒事的話，我先回房了，我跟朋友還有約。」

女孩笑了笑，轉身離開。

他凝視著她的背影。

原本是想邀她上甲板的。想要扭轉她的態度。如今……

只有盡力想辦法取回斯芬克斯了，無路可走了。

方才女孩撫摸玩具熊的影像浮現他腦海……

突然，他如被雷擊中般僵住了。一陣陣的影像如火車般衝過他腦海。

他幾乎要喊出聲來！

錯了，他徹底地錯了！

邱憲銘稍早前說過的話灌入他腦內。「有些令人傷心的事，發生的原因是你自己種下的。」

不對，完全不對……

定下心來重新檢視整件事！

從被竊現場的４０７號房浴室內，裡頭景象一層層地泛入他腦海……有他遺忘的片段，一個微小卻明顯的線索，一直在潛意識中撞擊著他，他卻疲於將其具象化……到底是什麼……？

他拚命地挖空心思，想將最底層的質疑挖掘出來；思考過程中最痛苦的事就是，那一閃即逝的靈光總是如此難以捉摸，難以看清其身影。

若平定下心，試著摒除雜念，將心思鎖定在一件事上。

浴室……浴室裡的某樣物品……那是失卻的拼圖！

打開門，他的神思進入了虛擬的時空中，他看見凌小姐的浴室又具體、又模糊地呈現在眼前；他仔細過濾裡頭的每一項物品與擺設。站在門口，右邊是馬桶與垃圾桶。馬桶清理過，垃圾桶內有四分之一的面紙，犯人用過的。淋浴間沒異樣。

洗手台……嵌在台內的面紙抽取孔，糊掉的牙膏團，盥洗用具，台面上的面紙……

面紙……

撕掉四分之一的面紙，剩下四分之三的面紙……

撕掉四分之一，剩下四分之三……

有了！

若平從想像的浴室中躍出，進到另一段抽象思考。

仔細想！犯人在洗手台上撕下四分之一的面紙，也就是說他要利用的是那四分之一的面紙；以這個動作而言，一般說來應該會用慣用手去操控那團要被使用的面紙；事實上，躺在台面上餘下四分之三的面紙撕裂口正是朝向右邊，亦即，要被使用的四分之一部分是被右手撕去的；犯人用左手按住不用的四分之三部分，用右手撕去四分之一！這說明了犯人是右撇子，但是……

剛才沈珞文撫摸熊寶寶的動作……她是右手托起玩具熊，用左手撫摸！

不止！過往畫面如跑馬燈掠過他腦中——

她的皮包總是揹在左側，不管是初次在飛機上遇見時也好，或是昨晚在甲板上的偶遇！

剛上遊輪那天的午餐中，女孩舉起小熊的左手對他招手！

她的左手戴著銀色手鍊，昨天早餐夾番茄時，用的正是左手！

最關鍵的，在紅海飯店，他與沈珞文曾在一間藝品店書寫老闆給他們的留言筆記本，那時她用戴著楓葉手鍊的手寫字……是左手！

總之，真正的犯人是右撇子。也就是說，他的結論錯誤了！怎麼會漏掉這麼顯而易見的關鍵？

一定是因為右撇子太常見了，所以他才會很自然地遺漏掉；如果犯人是左撇子，那從現場線索他一定很快就會發現。因為這樣，反而沒有去特別注意沈珞文是左撇子。

但是……那團被擠爛的牙膏團上頭的戳印，那特別的戳印，難道不具唯一性？

X形的印記……X形的印記……哪裡還有X形的印記？

一團模糊的影像外衣逐漸剝落，清晰的圖畫逐漸露出。一切都明朗了。

他腳步顛躓地朝走廊走去，長廊如同一去不回的迷宮，閃著異樣黑暗的光。若平在某一間房前停下。

他從口袋裡抽出一張白紙，將紙貼在牆上書寫了一些字，然後對摺，再將它從門縫底下塞進去。

他轉身離開，意識到身後的迷宮持續蜿蜒著。

※※※

晚上十一點。

頂層甲板，成排的桌椅旁點綴著三三兩兩的人影；幾盞暗燈是唯一的照明。吧台空蕩蕩的。河水靜靜地流著。遠處的景觀昏暗難辨；空氣中流瀉著莫名的窒悶。這遊輪上的最後一晚，多了幾分曲終人散的味道。

其中一張圓桌旁坐著一名年輕人，看起來約二十六、七歲，瘦削的臉龐上掛著一副銀邊眼鏡，斯文的面孔透散出溫文儒雅的氣息。

甲板上有新訪客。一名女孩右腳離開最後一級階梯後，張望著，最後看到年輕人所在的桌子，便緩步行去。

「你找我？」她問，不帶感情的語氣。

「嗯，請坐吧，我們得談談。」

女孩拉開一張椅子，猶疑半晌才坐下。她雙手不安地交握。

「我們還有什麼好談的？」

「有，很多，」年輕人抬起頭，正視她，「是妳偷了凌小姐的斯芬克斯像吧？」

她稍稍愣了一下，但驚愕之情很快地從臉上溜走，取而代之的是不可測度的鎮定，「你說什麼？抱歉，再說一次好嗎？」

「我知道是妳，」若平眼睛沒離開她，「你與推理作家雷毅合作偷了一個看似不值錢的人面獅身像，不過我知道應該是出自他的意思，妳只是負責行動……」若平很快地重述了偷竊的戲法。

對方仍然沒有應答。

「妳有留下證據，一個……」他猶豫了一下，考慮要不要用「具決定性」這個詞，後來改變主意，「……具象徵性的證據，當妳躲在浴室裡時，曾經靠近洗手台，不巧地洗手台邊緣上有一團凌小姐擠牙膏時掉下來的牙膏團，妳不經意地壓擠碰觸了那團牙膏，而在上頭留下了印記……」

女人的臉有點動搖，「你還是發現了。」

若平點點頭，「我回想了很久才想起在哪裡看過這個X形的印記……那正是妳手上戒指的造型。」

女人一臉茫然地低下頭看著右手，中指上的戒指，一個隆起的十字形。

那名女孩，是張喬音。

※※※

稍早他想起自己在哪裡看過那個X形的印記時，他苦笑了。正是在他們到達遊輪的那個中午，他在一樓大廳遇見張喬音，瞥見她撩撥頭髮的右手上有一枚精美的戒指，在那一刻上頭的十字浮雕映入他眼簾，但很快遺忘了。的確，有些事雖然進入了你的記憶中，但只當你賦予它意義時，它才會從腦中浮現。

「在浴室內妳發現戒指沾染上黏稠物，」若平繼續：「妳便從洗手台的面紙抽取口抽了一張面紙、撕下四分之一擦拭戒指；我想妳可能沒注意到妳是在靠近洗手台時印上牙膏團的，否則妳應該會發現妳在殘餘的牙膏團上留下印記，進而一同把它擦拭掉。」

「我的確沒注意到，那時心中想的只有趕快辦完事，趕快離開，我的壓力很大。」

「妳的另一敗筆在於把那四分之三的面紙原封不動地留在洗手台面上，成為另一條關鍵線索。」

「那四分之三面紙能看出什麼？」她略帶興味地打量他。

「那個，把我從推理的歧路上救了回來……」他確定張喬音是右撇子。第一天在埃及博物館，他親眼目睹她用右手握筆做筆記；在中式餐館吃飯時，她也是用右手拿筷子。

「剛剛說的那些已經不重要了……告訴我是怎麼回事吧，」若平問：「雷毅跟你是什麼關係？」

張喬音有點羞怯地別過頭，似乎在真相揭露的不自在感與力求鎮定中擺盪，猶豫半晌她才說：「事到如今也沒必要隱瞞了，」她嘆了口長長的氣，回頭正視若平，「他是……我爸爸。」

女孩的話語一落，若平感到一種世界被翻轉的暈眩感，一切他所相信的法則全被顛覆了，一加一不等於二，看起來像是大象的生物實際上卻是老鼠。他得再反芻一遍才能了解女孩話裡的涵義。爸爸？就是和媽媽結婚，也稱之為「父親」的那種人？一時之間他突然搞不懂爸爸是做什麼的，爸爸的定位是什麼，爸爸又有什麼本質。他忽然了解到，「事實遠比小說更驚奇」這句話的真義；在這個世界上，平淡無奇的事相當多，多到可以淹沒整個地球；不過一旦有令人驚奇的事發生，通常會比你所能想像的還要令人咋舌。

他兩手扶住椅子的扶手，坐直，反問了一遍：「妳……爸爸？可是你們兩人長得一點也不像啊！」

她嘆了一口氣，「女兒不像父親的例子多的是……很難相信是吧，不過，那就是事實。告訴你也無妨，我父母一年前離婚了，我跟隨我媽媽。離婚的原因，不外乎是兩個人相處不來，雙方已沒有感情可言，當然這其中的原因不是三言兩語能說清……但你知道嗎，雖然說父母親離婚，但父親對我是相當地好，要跟他分開，我心中也不捨了好一陣子，他並沒有做出任何對不起我的事，」她眼神低垂，「分開後，他也常常來看我。

「我記得當媽媽生下妹妹住院的那段時間，爸爸常會帶我去看電影，那時我常哭鬧，他就會買冰棒給我吃，一直到現在，他每次過來也都會買一盒冰棒，但他老是太早買，等帶過來時冰棒全都融化了……讓我們哭笑不得。」

若平沒接腔，靜靜聽。

「……參加這次旅行是同學雅晴、琇琪的邀約，」張喬音抬起頭，眼眸略微發亮，「但沒想到父親也會參加這次旅行，而且還是同一個旅行團。當出發那天我在機場看見他時，真的嚇了一大跳。他對我點點頭，他的眼神告訴我，對於我們的關係還是保持靜默、不要聲張的好；我也照做了。但我們要搭遊輪的那個晚上，他突然找了個空檔，塞了張紙給我，上面告訴我他想要凌小姐的斯芬克斯像，要我協助他，上面載明了我該做的……」

「妳應該勸他作罷的。」

看來雷毅並沒有把整件事的真正動機告訴張喬音，他只是拿她來當一顆小棋子。

「我也知道，但我想那不過是個小小不值錢的東西，再買就有了，我一直在想我能為父親做些什麼……」她頭愈垂愈低。

「我了解，」他低聲說。終於明白為什麼張喬音在旅程中一直顯得那麼沉默了，因為有雷毅在，為了隱藏關係，她當然會有顧慮與不自在感。原來這就是她的心事。

「如果你能了解，是最好。我也知道我的行為不對，」女孩眼神又恢復一點光彩，「其實我也是凡人，老實說，會答應父親的竊盜計畫，除了前述的原因外，還有一點私人因素，誘發我的動機……」

「哦？」

「我……其實看凌小姐有點不太順眼，我討厭那種趾高氣昂、目中無人的人。反正小小的斯芬克斯也不是什麼大損失，所以就幫爸爸一次忙了，」她坦然地凝視若平，加重語氣，「你可以看不起我。」

「不，我不會，」他接下她的凝視，「妳的理由我能理解，老實說，一開始我對凌小姐也沒什麼好感，覺得她有點高傲……不過我有一點經驗想跟妳分享，看不順眼是一回事，但等我們對一個人有點了解和接觸後，我們對他的印象，甚至是好感度會改變。」

「這我了解，但我們有時候只能停留在表象世界吧。」

「那是人們最常逗留的地方，也是一種無可厚非……」他搖搖頭，「話說回來，斯芬克斯像現在應該在雷毅那裡了？」

她點點頭，「爸爸在紙條上說東西到手後，藏在二樓休息區的某張沙發椅底下，他會自己去拿。所以應該是在他那裡。」

「他純粹只是想收集嗎？還是有別的原因？」

「來埃及後我們根本沒交談過，原因他沒講，應該是收集癖吧！」

「我了解了，」他頷首。

一時之間，沉默統領一切。

「對了，」若平打破僵局，「關於妳下給我的戰書……」

「喔，那個，」上甲板後，她第一次有了淡淡的笑容，「我知道你解開了，雅晴告訴我了。她也要我謝謝你。」

「跟她說那沒什麼。」

「嗯，總之現在都已經結束。沒事的話先回房休息了，」她站起身，順順長髮，纖細的身形在半黑暗中畫出弧形，就像一道有顏色的影子，「關於我爸的事，就請你保密，我想這樣比較好。」

「當然，你放心吧。」

「還有……關於被竊物品的處置，我想就交給你斟酌吧，你既然受委託，就有責任要完成任務，要怎麼處理隨你，不必顧慮我的感受。只是……對於我爸，態度上多多留情，拜託你了，」女孩敬重地看了他一眼，沒等他回答，隨即轉過身，朝樓梯走去。

「等等，抱歉，我有最後一個問題想問妳，」若平突然說道。

女孩停下腳步，轉過身，有點疑惑，「你問吧。」

「基本上戒指的戴法是有約定俗成的習慣的，妳……也不例外嗎？」

張喬音似乎有點詫異，不過馬上就恢復冷靜，點點頭，「當然，你想問的就只有這個？」

「嗯……沒事了，不打擾妳了。祝妳好夢。」

「晚安。」

她穿過夜幕，步下甲板。

※※※

十分鐘後，他人站在二樓的長廊上，面對某一間房門，敲門。

一張臉龐探出頭來，是沈珞文。

「噢，是你，有什麼事嗎？」她微笑。

「想邀妳上甲板聊聊。」

「哦，關於什麼？」

「關於妳給我的難題。」

女孩眨眨眼，沒有馬上回答。隱藏在門後的身軀隱隱約約看得出穿著輕便的室內服。

「好，你等我一下，」門輕輕闔上了。

他等。

五分鐘後，門再度開啟，女孩踏入長廊。她一身樸素打扮，仍舊揹著小熊包包，頭髮旁分線清楚分明，身上散發香氣與淡淡的髮香。

「走吧，」她再次對他微笑。

一前一後，若平領路到了樓梯，然後踏上甲板；女孩悄聲地尾隨其後，像黑夜中的小精靈。

若平避開先前坐過的椅子，走到另一張桌子前。桌上放著一個黑色的塑膠袋。他示意女孩坐下。

「這是什麼？」落座後，沈珞文指著黑色袋子，問。

若平不發一語，右手伸進塑膠袋，拉出一個方形物體。

那是一座長二十公分、高八公分的金色斯芬克斯像。

女孩沒露出多大詫異神色，只是意味深長地望著他，壓抑住一個潛在的笑容，「你辦到了，」她柔聲說。

「不，我失敗了，」他搖搖頭，「而且我還堅持自己的愚蠢，我竟然指控妳是犯人！全都肇因於我一廂情願的推理。」

「你已經做得很好了，」她輕聲安慰他，「運氣也很重要。」

「對一個偵探來說，不能有犯錯的空間。」

「別這樣嘛！其實我也不對啊，明明知道你推理錯誤，還自己假裝是犯人，根本是存心開你玩笑！」

「我相信妳這麼做的用意是希望我可以發現我的結論錯誤，進而繼續挖掘真相。」

「是沒錯，因此我才故意要你再憑一己之力拿回斯芬克斯，為的是讓你明白斯芬克斯不在我這裡。當然說實在的，如果你的推理有一半正確，而它真的在雷毅那裡的話，可能也改變不了你的結論吧。除非雷毅透露他的共犯。」

他疲憊地點頭，「幸好我發現得早。」

「對了，你是怎麼取回這個惹事的斯芬克斯的？」

「其實這一個並不是凌小姐買的斯芬克斯，這是我從船上一個美國小孩那裡借來的。」

「什麼？」

「昨天我看到有一個小男孩在玩斯芬克斯，跟凌小姐買的一模一樣，這種東西在埃及多到不像話……後來我了解真相後，今晚吃完晚飯便去找那個小男孩，跟他談條件。我答應他明天會還。」

「你想幹什麼？拿去騙凌小姐嗎？」

「當然不是，明早吃早餐時，我會想辦法進入雷毅房間，拿這個斯芬克斯去掉包，事後再買一個新的還小男孩。」

「你要怎麼進入他房間？」

「跟清潔工人說我鑰匙忘在房裡就好了，我會請謝領隊幫忙。」

「雷毅會不會把斯芬克斯帶在身上啊？」她提醒。

「不可能，他隨身的背包沒那麼大，一定放房間裡。」

「萬一雷毅已經發現裡頭有寶石了……那就算你掉包成功也會被發現啊。」

「我能做的只有這些了，剩下的到時再說，……妳不想知道雷毅的共犯是誰嗎？」

「不必了，這也不干我的事，事情就讓它過去吧，」她輕輕揮手，態度倒是很斷然。

「對了，我還有一個問題想問妳，妳為什麼要特意設計那首有玄機的詩？」若平沉思半晌後，說。

「噢，那個，」她笑笑，「完全是一個無心的小測試，想看看你的解謎能力罷了。會把雷毅抓進去完全是一時的心血來潮，我知道他是推理作家，把推理作家放進字謎裡給偵探來解，應該會很有趣吧。沒想到卻讓你誤會我跟他有什麼關係。」

「原來如此。」

「真的只有這樣而已。」

「我們來看看尼羅河吧，」若平打破沉寂，對她一笑，站起身，「河面很美呢。」

「也好，」沈珞文向後推開椅子，也站起身。

他步向欄杆，雙手扶在上頭，望入漆黑的夜幕。女孩站在他右邊，看著遠方。

河水靜靜流著，船隻靜靜前駛；在這個時刻，萬物都是靜謐的。黑色的天幕凝望著他們，像一條倒掛在天際、凝結的黑河。

「那是什麼聲音啊？」

「什麼？」若平轉過頭去。

「甲板入口那裡有奇怪的聲音耶。」

「有嗎？」

「我去看看，你等我一下。」

沒等若平回答女孩已經離開欄杆，朝樓梯走去。

「啊！」一聲驚叫。

他全身的肌肉都繃緊了，就在他會意發生什麼事之前，眼前的影像已令人凝結。

雷毅站在樓梯口，右手握著一把短刀，架住沈珞文的脖子，臉上帶著陰森的笑容看著他。

「你好，名偵探。第二回你幹得不錯，但別忘了還有第三回。」

「你來真的？你到底是怎麼回事？」

「你別過來，別以為這是把假刀……別做出令自己後悔的事，乖乖留在原地，」雷毅晃動閃亮的刀鋒。

「你想怎樣？」

「也沒怎樣，剛剛躲在這裡聽你對案情的解釋，實在對你很佩服……這點不得不承認，但那也是令我又崇敬又怨恨的一點。所以我現在要針對動機加以補充說明，才不會讓你一頭霧水。

「身為一名推理作家，我很在意自己的推理能力比不上別人，應該說，從小我便很好強……嫉妒比自己能力好的人，相信是每個人都有過的經驗，不幸的是，我在這方面的嫉妒特別強烈。成為一名推理作家後，我更深深感受到推理創作界的那種競爭，作品稍一水準滑落，便等著被淘汰出局，尤其推理本身又是一種鬥智競爭特性那麼強烈的東西。

「我曾經把幾位我妒嫉的推理作家所創造的偵探寫進書中，與我的偵探鬥智，最後他們輸得落花流水，我獲得最後勝利，一直到那時為止，我的妒意都還能在虛幻世界中化消。不過上次在霧影莊遇見你後，我發現自己被你的推理魅力吸引住了，你的確有引人入勝之處！」

在雷毅的話語停頓間，若平沒有插話，只是靜靜站著。被挾持的沈珞文，眼神無力地下垂。

「當我從著迷中醒過來時，我感到一股罪惡感與厭惡感，我怎麼可以屈倒在他人的威力下？這不證明了我比他無能？你應該知道，有自信者會喜歡找強者挑戰，以便證明自己更強。後來我每天腦中醞釀的念頭只有一個，那就是想勝過你。所以有了這次的埃及之旅。我要用摸不著頭緒的謎案把你整倒！看你那副傷神痛苦的模樣！」講到此處時雷毅咯咯直笑，「看到你那副傷腦筋的模樣我真是爽快！

「另外我也得知你開始改編自己的案子寫成小說，我深怕你危及到我的飯碗……」

「既然如此，你根本就是對自己沒自信，不必瞎扯一些冠冕堂皇的理由。」

對方又是一陣冷笑，「隨便你怎麼說，總之，第三回通過了我才能真正佩服你……聽著，我現在會帶著這名女孩躲到船上某個角落，有什麼怨恨要發洩，等你找到我們再說吧！」他慢慢後退，手上的刀子沒有從女孩的脖頸間離開過。沈珞文掙扎著想說些什麼，但欲言又止，她的左手不斷擺弄著皮包旁的小熊。

「留在原地！等到我退出門後你才准跟上來，不然我怎麼有時間躲藏呢？哈哈！」

雷毅退到最後一級階梯，關上門前他又補了一句：「你也不能太慢來啊，慢了會出人命的。天才與狂人只有一線之隔！還有，不能找人來幫忙，不要說我沒先告訴你！」

推理作家消失在闔上的門後。

若平一個箭步跳下十數級階梯，用力拉扯門把，但門一點晃動的跡象也沒有。他從門面上的玻璃往內看，發現水平門閂被拉上了。

他推了推門，門閂很牢固穩當；就算他能撞開門，這邊是階梯地帶，地勢上很難施力……

他往四周看了看。

要離開這裡的唯一方法，就是跳樓了。

若平快步走到甲板末端，往下看。

下一層的甲板比頂層長，而且遊輪上各樓層的高度都不高，應該可行。

若平快步走到一旁欄杆上繫著繩索的救生圈，將其卸下，接著走到甲板末端，將救生圈往下拋擲，救生圈落在下方突出甲板的中央。

他快速把繩索綁在欄杆上，然後翻過欄杆，兩手先握住冰冷的杆子，再轉移到繩索上，小心翼翼沿著繩子垂降。

若平很快降落到下方甲板。

他放開繩索，轉身朝通往船內的門走去，打開門，進入。

現在人在三樓的走廊，左邊是成排的房間，右邊是休息區與下樓樓梯。

他們在哪裡？

他往前走了一段路，經過了通往頂層的樓梯，眼光順勢往地板掃去。

紅色地毯上似乎散著什麼東西……

他心頭一緊，蹲下身來細看。

地毯上躺著一線稀稀疏疏的「沙線」，從通往甲板的門延伸至往二樓的階梯。

他用手揉搓那白色顆粒。這的確是沙子，好像在哪邊看過……

對了，這是填充小熊身體的沙粒。

他想起方才雷毅挾持女孩的情景，女孩的左手一直在撥弄小熊……

原來如此。她是試圖拉開小熊背後的拉鍊，沿途留下沙子以便若平追蹤。這麼一來，他只要沿著沙線尋找就行了。

眼睛注意著沙線，他快步下了二樓。沙線進入了二樓的房間區。他跑入長廊。

左右兩旁靜默的房間盯視著他，他像在黑暗的深谷中追逐著。

已經快到長廊盡頭了，沙線拐入左邊的房間，沒入門縫底下。

311號房。

現在該怎麼辦？

他推了推門。文風不動。

不可能，沒有鑰匙是不可能的。

有沒有其他開門的方法？

他穩住情緒，靜心細想。

這時，他突然注意到一件事。

仔細一看，這房間是倒數第二間，號碼是311，而左邊那間也是311；但照號碼順序來說，眼前這間應該是313才對。

313不是他的房間嗎？

他這才發現門上金色的號碼牌有些古怪，311最後一個1不對勁。他伸手去觸碰，發現是剪成1的形狀的金色色紙覆蓋在3之上。

剛剛只注意著沙線，房間號碼不是他的，卻沒注意到終點位置是自己的房間。沒想到雷毅最後又玩弄了這麼一個陷阱。

他以迅雷不及掩耳的速度掏出鑰匙，插入鑰匙孔，轉動。

裡頭是暗的。

若平踏入房內，小心翼翼關上門，打開燈。

「把戲玩得很高明，但可惜的是，我已經知道這一切都不是真的。」

亮燈的那一剎那若平這麼說道。

終曲

那一刻將成為若平一生中難忘的歷史畫面，是他回憶中相當獨特且具有紀念性的一段。

在他的房間裡，群聚了一群人，就像圓桌武士般圍繞在床邊與客廳。

客廳的沙發中最左邊坐著凌小姐，她凝視著若平，嘴角揚起，無從分辨起那是什麼性質的笑意；程杰晉、江筱妮坐在凌小姐一旁，同樣微笑注視著他；床腳兩邊的隔扇分別站著雷毅與邱憲銘，前者以狡詐的臉孔相迎，右手還握著那把短刀；邱憲銘則一掃先前的陰霾面容，容光煥發。左邊床沿坐著韓琇琪、嚴雅晴，兩人都面帶微笑；右邊床沿坐著張喬音與沈珞文。張喬音默默看著地板，有點漫不在乎；沈珞文則帶著笑容，好像什麼事都未曾發生，她還揹著皮包，乾癟的綠色小熊靠在一旁。

就在兩張床之間的床頭櫃前，站立著一個「人」。那人頭戴法老面具，就跟前幾個晚上在若平房外表演飛空特技的那隻人面獅身獸的頭部一模一樣；神祕人物的全身罩著黑色披風，手腳都隱藏在裡頭。

「你說你看穿把戲了，」雷毅的狡詐臉孔突然有點喪氣，「是真的嗎？」

「你的動機根本說不通，」若平說，「你現在的推理寫作事業如日中天，我才剛起步，根本威脅不到你。當你針對動機做這點補充時我就知道你只是在演戲，更別提你的行為實在太突兀了。」

雷毅懊惱地說：「可惡，不該加油添醋的。」

「不只這樣，如果沈小姐真的與案情無關，那就無法解釋她為何知道字謎的事，明顯有人告訴她；再來，我也不相信你會是張喬音的父親，你們倆之間完全就是路人關係，連個可疑的眼神都沒有，一對感情要好的父女不太可能會這樣。這些都讓我意識到你們聯合起來在設局。」

「什麼都瞞不過你呀，」雷毅說，「好吧，你都說對了，一切都是『斯芬克斯』的詭計，牠才是這整個事件的真正『兇手』……最後一道題，說對牠的名字，牠就會摘下面具。」

「我知道妳是誰，頑皮鬼斯芬克斯，」若平說，「拿下面具吧——林羽婕！」

一隻手從黑色披風中伸出，緩緩摘下全罩式的法老面具。

面具下是一名美麗女孩的臉孔，有著一頭紅色短髮。她慧黠地微笑。

「還是被拆穿了呀。」

「果然是妳，調皮搗蛋鬼。」

※※※

回想起來，他記得沈珞文常常與她們團內一名留著紅色短髮、戴棒球帽的女孩交談，原來那個人就是羽婕；縱火事件那晚，他在交誼廳看到的那個戴棒球帽的人影，恐怕也是她。為了避免若平發現，羽婕竟然把頭髮剪短又染成紅色！

「你怎麼猜到是我呀？」

「當我發現這是個集體式騙局時，」若平嘆口氣，「回溯整件事的源頭就很容易知道了，斯芬克斯的信正是妳轉交給我的，還有嚴雅晴等人都是天河大學的學生，跟妳一樣。更重要的，她們三人是話劇社。」

「你果然全部都串起來了。」

「這邊坐吧，」程杰晉從沙發上起身，「我站著就好。」

正要婉拒的若平被一把推入沙發中，體育老師的腕力真不是鬧著玩的。

「哥啊，你不要生氣唷，等你聽完前因後果，你一定會感謝我的。」

「我現在已經知道你的目的了。回想起那天的對談，你說了一句話很關鍵，你說我該找個女朋友了……所以這次的事件是你安排的『相親』吧？」

「唉唷，」羽婕把黑色披風往床上一丟，向後一蹬，坐上床頭櫃，兩手抱在膝蓋上，「都被你講光了那我就沒戲份啦！」

「好吧，給你解釋。」

「是這樣的啦，我有一個不錯的同學，她的姊姊對你相當感興趣，自從上次發生過霧影莊的事件後，她便注意你在雜誌上發表過的每一篇作品，而且一直很想認識你。這個人……當然就是珞文姊啦！

「知道這件事後，我便有一個想法，想撮合你們。可是單純的互相介紹認識實在有些無趣，而且我知道你最討厭相親啦！所以囉，我就想到可以設計一個鬥智事件讓你跟她捲入，搞不好能激盪出更燦爛的火花呢！」

「虧妳想得出來。」若平苦笑。

「沒有十成把握我是不會去實行的。有了初步構想後，我開始物色場景。由於整個案件需要好幾天的鋪陳，我決定選擇旅遊天數較長的國外旅行。我希望讓你跟珞文姊個別參加時間與行程都一樣的兩個旅行團，這樣到時你在懷疑嫌犯時，比較不會懷疑到她頭上去。要把你們分開的另一個理由是，因為我自己也要跟去，除了不能被你發現外，讓我跟珞文姊在同一旅行團，我也比較能從她口中掌握事情的最新動態。

「最後比對過各旅行社的行程後，發現『彩晶』旅行社與『佳富』旅行社在八月七號同樣都有往埃及的行程，而且旅遊路線幾乎一模一樣，於是確定背景設於浪漫的尼羅河，十天的埃及之旅！

「接下來我要開始設計案件的內容。不能是謀殺案，因為這只是一場遊戲，所以我決定朝竊案發展。考量到去的國家是埃及，我便把犯人的身分設定為斯芬克斯，並設計與之相關的一系列謎題。

「第一個階段是物品連續失竊，必須要有人把失竊的訊息傳達給你，因此我找了一票人來幫忙，當然這些人一定要參加旅行，也都知道內情。我不是強迫拉人，一定是找那些想出國旅行又還沒打定主意要去哪裡的朋友；恰好『彩晶』旅行社的人爸媽很熟，要湊成一團就好安排啦。」

「從頭到尾根本就沒有物品連續失竊，對吧？」

「嗯，你聽到的都只是他們的謊話而已。至於聖經，是早就破壞好刻意呈現在你面前的，以增加真實感。為了要讓你相信真的有竊案發生以及斯芬克斯不是在開玩笑，最好的方法就是讓你成為連續失竊物品的受害者之一。那天晚上是珞文姊在旅館二樓操控斯芬克斯傀儡，我進你房內偷小說……還好她跑得快沒讓你追上，人家以前可都是跑大隊接力第一棒呢！至於那具傀儡是我某一個同學的收藏品，包括斯芬克斯卡片也是，都是我向他借來的。

「第二階段，讓你目睹凌小姐購買斯芬克斯後再上演竊案，後來的偷竊方法跟你的推理完全一樣，而且我們完全照實演練，也就是說雷毅、凌小姐、喬音三人在案發時的互動與你的推論並無二致。從頭到尾可說是『犯罪演練』。會這麼做的原因是希望若一切照實、自然，才有可能替你留下破案線索。果不其然，凌小姐刷牙時掉落的牙膏，喬音的戒指不小心觸碰到牙膏團，還有你『陰錯陽差』將珞文姊指認為兇手等情況，都是我們沒有料到的。

「不過計畫也出了點意外，後來珞文姊從你口中得知凌小姐陰錯陽差買到一個從黑市流出的斯芬克斯，裡面藏有寶石，結果領隊無意間發現這件事才萌生偷竊之意，也真的遂行了犯罪詭計，與我們的遊戲攪在一起，增加了你破案的困難度……而我的幫手們也都能臨機應變，提供正確的線索讓你去破解真正的謎案；也因此，珞文姊又多了個機會見識到你精采的推理！」

若平沒有回答。他心裡想的倒不是他在「意外」一案的表現，而是質疑凌小姐與謝領隊是不是來真的。他直覺應該是，所以沒有多問。

「現場的這些人都是你找來的幫手……看來我所處理的『支線任務』也是演戲了吧？我是指嚴雅晴與邱憲銘先生的事……」

被點名的兩個人笑了。

「那個啊，」羽婕吃吃笑地，「當然是在演戲，都是為了增加案情困難度設計的！天河大學的話劇社是全台有名的，喬音她們三個可是社裡的重量級演員呢！我也曾短暫參加過話劇社，才會認識她們！」

「那邱憲銘先生拿給我看的那張照片，應該是凌小姐本人了。」

「沒錯！凌小姐與那件案子沒關係，只是長相與地點的巧合。」

「說到邱先生……我想確認，」若平朝邱憲銘的方向望去，對方趕緊點頭致意。「羽婕偷我小說那晚，我追丟斯芬克斯之後，在回房的路上有遇上你，那時你是在把風吧？」

邱憲銘咳了一聲，回答：「對，如果說她們兩個女孩出了什麼紕漏，我可以隨時用任何藉口攔住你，讓她們有處理的餘裕。」

「原來如此。邱先生演技也相當好，我完全被騙了，」

「唉，哥，」羽婕說：「你知道嗎？其實邱老師是我們話劇社的指導老師啦！他表示對這個活動很有興趣，又可以展現演技，一口就答應要來。」

「真是高招。那麼凌小姐與程夫婦又是妳哪邊的親友團？」

「凌小姐是邱老師在話劇圈內的同事啦，恰巧她也想出國，就……至於程老師跟師母是我以前高三的老師，他們算是客串演出。

「至於雷毅我就不用提了吧，由他來擔綱犯人真是再適合不過……」

一旁的雷毅露出一排黃牙，來了個V字型的笑容。若平只能在心中搖頭。

「嗯，不過你真的很厲害耶，不但在很短的時間內發現珞文姊留下的線索，連房門號碼的陷阱也一下就被你識破，」偵探的妹妹說。

「一般人應該都能發現的。對了，縱火事件發生那晚，妳到交誼廳做什麼？那時我在裡面調查線索。」

「那個啊，我只是沒料到會有縱火案發生，怕影響到我的計畫，因此才會在深夜去交誼廳查看有沒有蜘絲馬跡。沒想到你卻在裡頭。」

「原來如此……對了，妳是用什麼藉口請船長給妳備用鑰匙進來我房間的？」

「喔，那也沒什麼啦，我跟大家一起去拜託船長開門，說我們要給你生日驚喜。」

「懂了。妳還有什麼要補充的嗎？」

「沒有了，差不多了。」

「最後一個問題：那個斯芬克斯在這裡嗎？」

「說對了！」羽婕右手往身後探，抓出一個斯芬克斯像，「就是這個，你自己拿去看吧！」

若平走向前去，接過羽婕手中的斯芬克斯。

他在底座摸索了許久，才確定拆卸的方向，若不是事先知道可以拆卸，還真看不出來。若平小心將底座卸掉，裡頭的黃色內襯中果然嵌著一顆熠熠生輝的紅寶石。在場所有人發出驚嘆。

「這不是我們該碰的東西，」若平把底座裝回去，「我先保管吧，明早就交給船長，請他報警。」

「沒問題！」

「其實我該早點知道妳的詭計的……至少，」他轉頭看著沈珞文，「我該知道沈小姐明白案件的內情。」

「怎麼說？」沈珞文抬起頭來，第一次發言。

「還記得我們在紅海飯店的那個下午嗎？我跟你坐在大廳噴水池邊聊天，聊到本土推理。」

「我記得。」

「那時妳馬上道出我們團內有一位本土推理作家，我問妳是不是雷毅，你說是。」沈珞文露出不解的神情，「你在想我怎麼會認識雷毅是嗎？他算是有名的推理作家，會對他的長相有印象也是正常的啊！」

「可是雷毅從來不在他的書放自己的照片。妳說妳根本沒讀過他的書，我想妳也不可能參加過他的新書發表會或特地上網搜尋他的照片吧。妳似乎是事先就知道有雷毅這個人在我的旅行團內。如果早一點明白這點，應該多少可以了解妳在案件裡扮演的角色，以及整個事件的本質。」

「嗯，那時算是我的疏忽，演戲也真不容易，尤其是要將已知隱瞞成未知……」

「妳演技已經很好了，可以考慮加入話劇社。」

「謝謝你呀。」

若平轉頭面向眾人。

「謝謝各位陪我進行這個有趣難忘的鬥智遊戲，我永遠不會忘記這次的事件。夜已深沉，不如就此散會休息吧。」

真正的終曲

從行李輸送帶領完行李後，團員們一一向謝領隊道謝後離開。船上的火警最後船長沒報警，但經過協商，會透過旅行社適額退費給旅客們，尤其凌小姐會拿到更多退款。請警方處理的只有寶石的部分。謝領隊逃過一劫。

領隊看到若平時露出不好意思的神情，但還是跟若平握了手。

若平不知道謝領隊跟凌小姐還會不會有進展，他們兩人沒一道走，但他其實不太關心這件事。

很快地，現場只剩下他、羽婕還有沈珞文。

「我弟會來載我，」沈珞文說，「你們是要一起搭巴士嗎？」

「對，」羽婕說，「搭到火車站。」

「沒想到埃及十日遊這麼快就結束了。」

「唉唉，美好的時間總是過得特別快呀，我們應該先訂好下一次的遊程！」

「下一次的遊程？」

「對啊，比如說，海灘行程啊！小熊需要新的沙子填充對吧。」

小熊已經被沈珞文收進皮包裡，原本的沙子清理後就丟棄了。

沈珞文說：「是需要啊，不過——」

「妳不是有跟我哥說好要一起去海灘嗎？」羽婕一臉興奮地說。

大概是沈珞文跟她報告的吧，若平心想。

「我是有提過啊，不過我想大偵探應該不喜歡海灘吧。」

「哦？妳怎麼知道啊？」羽婕問。

「他在紅海時沒參加浮潛呀。」沈珞文笑著說。

「你說得對，」若平說，「我不喜歡水……事實上，我對陽光跟沙灘有點過敏。」

「那海灘行程就可以取消囉。」

「喂，你們兩個！」羽婕叫道。

沈珞文轉向若平，靜靜注視著他，「無論如何，這次旅行很難忘，很高興能認識你，名偵探。」

若平接下她的注視，「我也是。」

「嗯……不確定之後有沒有機會說，還是趁現在說吧，只是我的一些感覺，希望你別介意。」

「請說。」

「我覺得……你太冷靜了，有時會讓人覺得有點……冷酷。」

若平微笑，想起第一次在飛機上見到她的場景，「比起薰衣草，我可能更喜歡黑色曼陀羅。」

「我想也是。」她轉向羽婕，「下次吃飯可以找我喔。我先走了。」

「哎呀……好吧，拜拜。」羽婕有些喪氣。

沈珞文笑了笑，「我這個邀約是發給你們兩個啦。再見啦。」

女孩轉身拖著行李走了。

沈珞文的身影消失後，羽婕嘆了口氣，瞪了若平一眼。

「看來你們不來電啊，這次白玩了。」

「當我指控她是兇手時，我就已經有這種感覺了。不過這整個過程我很享受。」

「你只享受謎團吧，哼。」

「別這樣啦，這種事不能勉強。」

「算了，走吧。」

正當羽婕邁開腳步時突然又停了下來。

「怎麼了？」若平問。

「突然想到一件事……」

「什麼事？」

「就是……斯芬克斯不是先幫你付了旅費嗎？」

「是啊，等等，不對啊，妳哪來的錢？妳應該沒在打工吧？」

羽婕歪著頭說：「沒有啊，那是我央求爸先幫你付的。」

「爸付的？」他突然有不好的預感。

「對啊，你要還他喔！兩個人共十萬！」

「什麼？結果我還是要付錢……妳這個小斯芬克斯，別跑！」

可是羽婕已經笑嘻嘻地拉著行李往前逃開了。

夏日的輕鬆氛圍，在機場內，蔓延開來。

THE END

【後記】《尼羅河魅影》——十一年後的重生

讀者手上這本《尼羅河魅影》是二〇〇五年出版的《尼羅河魅影之謎》再版。《尼羅河魅影之謎》是我的第一本長篇推理小說，當年由小知堂文化出版，如今再版已過十一年歲月，恍若隔世。

本書的書名歷經多次轉折，原名為《尼羅河的背影》，後來出版社認為此書名太文藝，更名為《尼羅河魅影》，為凸顯推理特性，出版前夕又更改為《尼羅河魅影之謎》。這次再版回歸折衷的書名《尼羅河魅影》。

本書也是我的系列偵探林若平第一次登場的長篇。寫作本書之前剛前往埃及旅遊，因此便產生了寫作靈感，決定利用旅遊經驗來寫小說。書中諸多細節都是根據所見所聞所撰寫。當初的想法是希望可以寫出「旅情推理」加上「無謀殺案推理」，主要是因為想要挑戰沒有屍體的推理小說，於是成品大致就是讀者現在看到的樣子。撰寫時腦中不斷掠過克莉絲蒂的《尼羅河謀殺案》（*Death on the Nile*），本書英文書名*Phantom on the Nile*就是刻意與之作為對照。當然，除了一樣是尼羅河遊輪上的案件之外，本書與克莉絲蒂的作品沒有太大關係。

這次的再版是在原版的基礎上修改而成。現在我已經三十三歲了，回頭看這本二十一歲時寫的作品，只能說當時年紀小，真的不夠成熟。這次修改有幾個重點：（一）刪掉兩萬字的贅語。

很多讀者抱怨我早期的作品充斥太多為賦新詞強說愁、風花雪月的段落，這個毛病在舊版尤其明顯，我大刀闊斧砍掉那些如今看來沒有必要的囈語，無謂的文藝腔全部都刪掉了，故事節奏變得相當明快緊湊；（二）偵探林若平的個性改寫。原版中他像患了失心瘋的花痴，連我看了都想揍他，新版中他不但變聰明，更變得成熟帥氣；（三）結局也大幅改動了，舊版中做作的戀愛故事在新版裡有了不一樣的呈現。相信對看過舊版的朋友而言，如果你對原版的評分只有IMDb的4分，現在應該可以拔高到至少7分。

本作主角林若平是天河大學哲學系助理教授，登場時年紀很輕，是一名戴著銀框眼鏡、有著學者翩翩風度的斯文男子。推理作家李柏青給林若平的點評是：「溫文儒雅、帥氣冷靜」，基本上符合我的設定。長篇作品除了本作外，林若平還解決過《雨夜送葬曲》（二〇〇六年出版，二〇一五年再版），那是發生於南橫公路奇特建築「雨夜莊」中的連續密室殺人案；《冰鏡莊殺人事件》（二〇〇九）是「雨夜莊」的姊妹作，敘述發生於花蓮深山「冰鏡莊」中連續殺人魔「密室傑克」犯下的一連串不可能的犯罪；在《芭達雅血咒》（二〇一〇）一案中，林若平遠赴泰國調查靈異照片之謎，與本書同樣都是場景設在異國的旅情推理；《無名之女》（二〇一二）則是林若平長篇中最為異色的探案，描述林若平調查一件詭異的「換腦」奇案。除了上述長篇之外，林若平迄今有短篇十七部，已經集結出版的有《霧影莊殺人事件》（二〇一四）、《冰刃方程式：偵探林若平的解法》（二〇一六）。在短篇之中林若平也常常處理無謀殺案推理，是其探案系列的一大特色。

林若平系列作品無論長短篇，大多有簡體版，近年來也逐漸被翻譯成外文，短篇之中〈羽球場的亡靈〉、〈聖誕夜奇蹟〉分別在二〇一四與二〇一六年被翻譯成英文，刊登於美國的《艾勒里・昆恩推理雜誌》（*Ellery Queen's Mystery Magazine*），前者也被另外翻譯成日文收錄在《現代華文推理系列》第一集，以電子書的形式在日本亞馬遜販售。《雨夜送葬曲》英文版權也已賣出，預定在明年推出英文版。

本書得以出版，要感謝許多人。首先是推理作家既晴，當年若沒有他大力提拔我，本書也不可能獲得出版機會；再來要感謝秀威出版的姣潔跟齊安兩位編輯，沒有他們的盡心盡力這本書不可能「重生」。最後要感謝我的家人跟朋友：沒有爸媽給我的精神與經濟支持，我不可能安逸地寫作；沒有可愛的妹妹，不可能誕生這本書的詭計；沒有細心照顧我的妻子，我不可能有餘裕在論文燒腦的同時修改這本書；最後，沒有百年好友Kikas的鼓勵，我也不可能在當年寫作時度過低潮。

要推理29　PG1706

尼羅河魅影

作　　者　林斯諺
插　　畫　PieroRabu
責任編輯　喬齊安
圖文排版　周政緯
封面設計　蔡瑋筠

出版策劃　要有光
製作發行　秀威資訊科技股份有限公司
114 台北市內湖區瑞光路76巷65號1樓
電話：+886-2-2796-3638　傳真：+886-2-2796-1377
服務信箱：service@showwe.com.tw
http://www.showwe.com.tw
郵政劃撥　19563868　戶名：秀威資訊科技股份有限公司
展售門市　國家書店【松江門市】
104 台北市中山區松江路209號1樓
電話：+886-2-2518-0207　傳真：+886-2-2518-0778
網路訂購　秀威網路書店：http://www.bodbooks.com.tw
國家網路書店：http://www.govbooks.com.tw
法律顧問　毛國樑　律師
總 經 銷　易可數位行銷股份有限公司
地址：231新北市新店區寶橋路235巷6弄3號5樓
電話：+886-2-8911-0825　傳真：+886-2-8911-0801
e-mail：book-info@ecorebooks.com
易可部落格：http://ecorebooks.pixnet.net/blog

出版日期　2016年12月　BOD一版
定　　價　280元

Printed in Taiwan

國家圖書館出版品預行編目

尼羅河魅影 / 林斯諺著. -- 一版. -- 臺北市 : 要有光, 2016.12
面 ; 公分. -- (要推理 ; 29)
BOD版
ISBN 978-986-93567-6-3(平裝)

857.81 105020322

讀者回函卡

感謝您購買本書，為提升服務品質，請填妥以下資料，將讀者回函卡直接寄回或傳真本公司，收到您的寶貴意見後，我們會收藏記錄及檢討，謝謝！

如您需要了解本公司最新出版書目、購書優惠或企劃活動，歡迎您上網查詢或下載相關資料：http:// www.showwe.com.tw

您購買的書名：______________________________

出生日期：________年________月________日

學歷：□高中（含）以下　□大專　□研究所（含）以上

職業：□製造業　□金融業　□資訊業　□軍警　□傳播業　□自由業

□服務業　□公務員　□教職　□學生　□家管　□其它_____

購書地點：□網路書店　□實體書店　□書展　□郵購　□贈閱　□其他

您從何得知本書的消息？

□網路書店　□實體書店　□網路搜尋　□電子報　□書訊　□雜誌

□傳播媒體　□親友推薦　□網站推薦　□部落格　□其他__________

您對本書的評價：（請填代號　1.非常滿意　2.滿意　3.尚可　4.再改進）

封面設計____　版面編排____　內容____　文／譯筆____　價格____

讀完書後您覺得：

□很有收穫　□有收穫　□收穫不多　□沒收穫

對我們的建議：______________________________

____

____

____

請貼
郵票

11466
台北市內湖區瑞光路 76 巷 65 號 1 樓
秀威資訊科技股份有限公司 收
BOD 數位出版事業部

（請沿線對折寄回，謝謝！）

姓　　名：________________　年齡：________　性別：□女　□男

郵遞區號：□□□□□

地　　址：______________________________________

聯絡電話：(日) __________________ (夜) __________________

E-mail：______________________________________